梦神

郝庆阳 著

时代文艺出版社

图书在版编目（CIP）数据

梦神 / 郝庆阳著. —长春：时代文艺出版社，2018.3（2021.5重印）

ISBN 978-7-5387-5574-9

Ⅰ.①梦… Ⅱ.①郝… Ⅲ.①长篇小说－中国－当代 Ⅳ.①I247.5

中国版本图书馆CIP数据核字（2017）第274707号

出 品 人　陈　琛

责任编辑　陈　阳

助理编辑　孙英起

装帧设计　孙　利

排版制作　隋淑凤

梦神

郝庆阳　著

出版发行 / 时代文艺出版社

地址 / 长春市泰来街1825号　时代文艺出版社　邮编 / 130011

总编办 / 0431-86012927　发行部 / 0431-86012957

官方微博 / weibo.com / tlapress　天猫旗舰店 / sdwycbsgf.tmall.com

印刷 / 保定市铭泰达印刷有限公司

开本 / 710mm×1000mm　1 / 16　字数 / 160千字　印张 / 14.25

版次 / 2018年3月第1版　印次 / 2021年5月第2次印刷　定价 / 49.80元

图书如有印装错误　请寄回印厂调换

谨以此书献给永远给我生活带来美好的妻子，无微不至关怀我们的岳父岳母，亦师亦友的父亲，最后我特别想把这本书献给我的母亲，感谢她对我坚定的支持与爱。谢谢！

目　录

引子 / 001

一、另一个我 / 002

二、大梦初醒 / 013

三、巨石场奇缘 / 026

四、梦境与现实 / 036

五、朋友与敌人 / 045

六、逃离巨石场 / 052

七、梦境起源 / 067

八、梦里的新征程 / 080

九、可心 / 090

十、凌 / 094

十一、危险的游戏 / 104

十二、梦境中心 / 116

十三、惩罚 / 125

十四、梦境仕途 / 135

十五、迷惘与挣扎 / 143

十六、原山的计划 / 155

十七、引火上身 / 168

十八、梦境革新 / 180

十九、人工智能 / 199

二十、梦境重生 / 209

后记 / 220

引　子

　　科技与资本的力量，正在飞速改变着这个世界。夜幕降临，梦境开启，杨慕天来到一个神奇的梦境。这里与现实十分相像，所有的人都共同生活在这个梦境里；这里又与现实大相径庭，每个人都有着自己的梦境小世界。直到有一天，所有人的梦境被人为打通，人与人之间梦境的互联成为可能，一个联系所有人的联合梦境世界产生了，但同时每个人也失去了自己梦境的权利。本以为一个新的梦境世界会摒弃现实中的重重窠臼，却不想梦里的世界同样复杂。在现实中无法解决的问题，在这个世界里依旧无法解决，但是杨慕天却成为这个世界里的一个异类。本是无心相争也无法选择生活的普通人，却误打误撞地成长着，慢慢地改变着这个新世界……

一、另一个我

　　杨慕天看了一场惊心动魄的足球比赛，在床上久久难以入睡。他一向是一个乖巧的孩子，从小听父母的话刻苦读书，最后考上了一所不错的大学，虽然现在离开家独自在异地上大学，但是做事依然循规蹈矩，与之前在家并无什么不同。闷热的天气里，宿舍里的空气更加闷热，他在燥热的烦闷与浓浓的困意间挣扎着，恍惚间，他应该是睡着了。

　　他又一次睁开眼，这次他并没有看到宿舍老旧的门窗，相反，他发现自己坐在一个黑色的宽厚的欧式皮沙发上，沙发如此松软让他感觉腿都陷了进去。右手边一个深棕色的小圆桌，上面有一盏晶莹剔透的玻璃杯，杯子里剩下了一指深的酒。杨慕天大吃一惊，怀疑地打量着四周，可是四周全都是黑暗，他的世界就像话剧舞台中央只被灯光照射的地方。他站起身，发现自己身着一件他一直向往着却从未舍得买的黑色夹克，另外还有黑色的长裤和闪闪发亮的皮鞋，像极了他努力想把自己打扮的那样。

　　看到自己的衣着变化，慕天突然想看看自己的样子，正当他心里起了念，他的面前不再完全是一片黑暗，突然又扩充了一块空间，从黑暗中浮现出了一块一人高的落地玻璃。镜子中的他，英俊成熟，一点儿没有他现在学生时候的青涩，反而眼神里还多了一点儿狡黠。镜子前，慕天不停地摸着自己的脸，甚至还自己狠狠地打了自己一巴掌，一阵疼痛过后，他依旧觉得这只是个梦，但是这梦真的太过于真实了。慕天转过身，眼光离开了那面镜子，镜子便又退回到无尽的黑暗中，消失不见。

慕天心想，好不容易遇到了如此美好的梦，为何不玩得尽兴一点儿呢？他开始坐在沙发上布置他的新家。挥一挥手，沙发的后面多出了一面堆满书的书架，左手边则出现了一面落地窗。他缓缓地在这个狭小又神奇的空间内踱步，享受着他的一切。不一会儿，这个家就像个样子了。慕天心底里忽然涌出一阵好奇，他看着镜子中的自己，总觉得里面会有恐怖的东西出现。正当他还沉浸在自己的思绪中，只见镜子中一只狂蟒张开血盆大口向他扑来，它从镜子里钻出，径直向慕天的脖子咬去。

一阵急促而恼人的铃声，杨慕天被枕旁的闹铃吵醒了，他擦了擦自己额头上惊吓出的汗珠。

"走了慕天，去吃早点啦！"他的舍友公孙华已经收拾好准备出发了。

"你先走吧，我得缓一缓。"慕天有点虚弱地说。

"今天这个老师可是会天天点名的哦！小心考试不及格。"

"你怎么知道的？"

"昨天我刚认识了一个学姐，她跟我说的。"

"你怎么认识那么多学姐？"

"那你不用管，说明我魅力十足！"说着公孙华就关好门，兴高采烈地出去了。

　　慕天仔细回想了自己梦里的模样，觉得还蛮帅的，可惜只是一个梦，他没有多想，赶紧起床赶着去上课了。与公孙华相比，慕天绝对是个好学生，没有逃过课，没有过不及格，没有过不交作业，没有任何不良嗜好，当然，他在系里面也特别的普通，没有任何的特点，以至于这都已经大二了，系里面绝大部分同学他还不认识，而绝大部分同学也都只闻其名不知其人。但那又怎样呢？慕天成绩不错，拿了点奖学金，课业的负担对他并不重，每天有空就宅在寝室，大学生活过得充实而惬意。公孙华是他的室友，个子不高，身材是标准的大腹便便型，是系里数一数二的人来疯，系里一届五百多人，他都能认识个八九不离十，而学校里其他系的同学，只要是爱玩的，他也都能混个脸熟。所以慕天每天听着公孙华讲述着周围学生的八卦，也就还能紧跟学校里的时事动态。

　　慕天很快就收拾好了，临离开寝室时，他照了照桌上的镜子，这张普通得不能再普通的脸，因为没有好好维护实在是让自己都难以忍受。他突然发现，自己早上总是为了多睡一小会儿而不能像公孙华那样把头发梳洗打扮，蓬乱头发的他随便抓起一件衣服不管搭配与否就去上课了，瘦弱的慕天穿什么衣服总显得松松垮垮的。他回想着梦中的自己，仿照着捋了捋头发，还真是比以前好了点。他看了一眼表，就急忙奔跑着赶去上课了。

　　当慕天急急忙忙地赶到教室的时候，公孙华早已在最后一排的位子上坐好了。这是他的专属座位，特别适合他睡觉而又不打扰前排认真学习的同学。而杨慕天总是低调地坐在公孙华旁边，一是后边的座位人少宽敞，二是在老师点名的时候及时叫醒公孙华。

　　"我说你也真是奇怪，最后一排也没人跟你抢，你来这么早做什么？起来吧，开始上课了，点名的时候你要醒着吧！"慕天鄙视地推搡着睡眼惺忪的公孙华。

公孙华迷迷糊糊地睁开眼："这你就不懂了，我到了教室才能睡得踏实。"

点完名，教授开始眉飞色舞地讲起课来，前排的尖子生们聚精会神地听着，不停地记着笔记。而慕天总是翻着书，觉得教授讲了一堆书上写着的东西，还不如自己直接看书来得快。慕天看着看着，觉得无趣，便想和一旁的公孙华聊天："喂，老公孙，我跟你说个我昨天晚上做过的梦。"

公孙华像一盘散沙似的趴在桌上，传来阵阵呼噜声。慕天见状只好作罢。

"算了，也只是一个梦而已。"慕天暗自说道。

一天紧张的课程结束了，慕天依旧是回到宿舍，对着自己的电脑发呆。此时甚是精神的公孙华在那里吹着口哨，试穿着新衣服，得意地说："我说慕天，我晚上有约了，可能很晚才回来，你就不用等我啦！"

"我哪一天等过你，要是等你的话我还睡吗？"慕天仿佛自言自语地说。

"等哥过几天把哥的新女朋友带给你认识认识。"公孙华过来搭着慕天的肩膀，骄傲地说。

"好啊，我正好和她说说你之前一百多的初恋女友的故事。"慕天打趣地说道。公孙华看了眼手表，向慕天抛了个飞吻就急促地离开了。

慕天拿出了课本，很快完成了教授布置的作业，然后把作业放到公孙华的书桌上，因为明天一早公孙华还要仔细地抄写呢。慕天可不想让他打扰了自己的好梦。

慕天发现这些大学的课本有着特别的魔力，看完后总能让人困意浓郁。他检查着明天的课表，又是一天排满的课程，便早早地洗漱完毕躺在床上。就在他闭上眼睛的一刻，他感觉自己正在睁开眼睛。他又回到了昨夜自己的小天地，在这无穷黑暗的一点儿光亮中，他还是坐在那个松软的沙发上，依然穿着黑色而帅气的衣服，手里握着那杯只剩一点儿洋酒的玻璃杯。

慕天心中又惊又喜，他根据上次的经验，知道了这是一个他想象什么就会出现什么的地方。他轻轻动了下手指，面前就从黑暗里出现了那面镜子，他又一次审视着镜中的自己，成熟、英俊且狡黠。也许这才是他内心深处想成为的自己吧。慕天从沙发上坐起来，拿着酒杯走向一侧的落地窗。落地窗的外面是另一番神奇的景象：现在是梦里的白天，天上挂着一弯明月，梦里的傍晚夜幕初上时，太阳会从远处的地平线慵懒地爬上来。一条绵长的小河就在窗外不远处，涓涓向远方流去。此刻，月亮正俯瞰大地。慕天打开窗，望着屋外广袤的草坪，任凭微风拂面，让自己的思绪在梦境里徜徉。

他又来到沙发后的书架旁，随手拿起了一本落满灰尘的书，书中一个字都没有。他又接连翻开了几本，每本都是白纸。慕天生气地把手中的一本书扔向了黑暗中。但令他意想不到的是，突然有一个深沉的声音对他说："也许你需要这个！"话音刚落，嗖的一声，那本书从黑暗中又不知被谁扔了回来，径直砸到了慕天怀里，慕天还未来得及喊疼，一支笔也同样从黑暗中向他飞了过来。慕天下意识用书本挡住了砸向他脸的笔。他把笔捡起来，发现这支笔的笔杆上竟然标着自己的名字。慕天打开那依旧是空白的书本，想了想自己白天上课的课本，在首页上写上了"科技原理"四个字。当他继续向后翻阅时，整本书便都写满了文字，上面就是课本的全部内容。慕天惊讶于这梦的神奇，但同时也为浪费了这么美好的书本而略感伤感。他应该写一些他一直想看但是从来没有机会看到的书名。

慕天不禁又想，如果自己写的不是想要的书名会怎么样？他又拿起一本空白的书本，在首页上写上了"无忧无虑的童年"，墨色渐渐浸润整个书本，翻到后面，每一页都浮现着一幅幅慕天童年的影子，满满的都是慕天曾经的美好的回忆。这一页浮现的是他儿时长跑比赛的第一名，下一页是他十岁生日的画面……慕天沉浸其中，不能自拔。缓缓地，慕天觉得自己的身子轻飘飘的，一点一点地被吸入这本书中，就在他意识完全丧失前的一刹那，他用尽最后一丝力气合上了那本书，瘫坐在地上。他喘了几分钟才缓过神来："看来回忆真是可怕的东西，以后还是好汉不提当年勇的好。"

慕天在自己的梦境里时而唤出美味佳肴，时而自己与自己博弈玩起游戏，最后他席地而睡，好不自在。就在他闭目睡去的一瞬，他在现实中睁开眼，看着床铺上的天花板。慕天内向的性格让他特别喜好独处，这样的梦恰好给了他这样的契机。"好美的梦！"慕天心想，"要是天天能做这样的美梦就好了。"

不远处传来笔纸间刷刷点点的声音。慕天扭转着刚睡醒的身子看过去，不出他所料，是公孙华奋笔疾书抄作业的身影。"你到课堂上抄不也一样吗？干嘛抓紧这时间？"慕天睡眼惺忪地问。

"这是态度问题，一会儿到课堂上还得睡觉呢！"公孙华也不抬头，马不停蹄地写着。"你这个符号是怎么写的？"还没等慕天回答，公孙华就临摹着誊写上了。

校园里依旧是三点一线的生活，慕天每天课堂、宿舍和食堂一直没有变过。而公孙华课堂睡觉，夜里逍遥，早上抄作业的生活规律也这样一直持续着。

就这样相安无事地过了些天，令慕天兴奋的是，他好像是被安排好，每天都能进入自己的梦境里，安静地享受着自己独处的时光，直到那一晚。

那日夜里，累了一天的慕天早早地躺在床上。他又如愿出现在自己的沙发上，可是他总觉得屋子里莫名的暗了许多。他缓缓从沙发上坐起来，望着窗外，外面天阴了，飘来了一片巨大的乌云。慕天向外看去，一道闪电划破长空，紧接着震天响的雷声，那雷声仿佛要把这世界震裂一般。慕天没有理会那么多，轻轻一挥手，沙发右手边出现了一个壁炉，明亮的火光温暖着整个屋子。慕天随手拿了一本书架上的书，回到沙发上，在书的扉页上写上了"今夜"，这次书中出现的文字记录了一个离奇的故事。

"……外面的雨一直在下，主人公的小屋被积水淹没……"慕天读到这里，觉得自己的脚下湿湿的，原来是外面的雨水已经淹到屋内，就像这本书讲的一样。

慕天被突如其来的大水吓了一跳，书被不小心掉入水中后，便犹如墨水一般，消散开来，只留下一摊墨色。但慕天定了定神想，这是他自己的梦，他无所不能，便闭上眼睛仿佛念咒一般，但待他睁开眼，水已经没过他的膝盖了。他又灵机一动，"只要我苏醒了不就没事了吗？"至于怎么醒过来，慕天尚未研究明白，他干脆一头扎进水中，十几秒过后，他呛了几口水，窒息感让他不得不从水中站起来。这下他可慌了，他急忙地四下乱跑。周围的黑暗慢慢随着他的乱跑而消失。"这是墙，这面也是墙……那里是一扇门。"慕天向着那扇门蹚着水走去，他用尽力气拽开了门，他惊呆地愣在那里，之前一片祥和的美景，如今已变成一片汪洋。

远处，一股巨浪袭来，将慕天打翻在水中，他感觉自己掉进了一个漩涡，身体不停地旋转摇晃。就在他以为自己一命呜呼的时候，他睁开眼，看到公孙华正拿着慕天的作业，摇晃着他的身子："你怎么睡得这么踏实呢！？快告诉我这道题你写了这么多乱七八糟的符号都是写的什么啊，我一个都不认识怎么誉写啊。是古希腊文吗？"

慕天定睛看了看公孙华，要是平时的早晨慕天一定气急败坏，因为公孙华扰了他的睡眠。但这次，慕天抱住了公孙华。

"喂喂喂，你这可是臭流氓了啊。老子卖身不卖艺。"公孙华极力挣扎着逃出了慕天的怀抱。慕天没有说话，径直起身拿起笔，"这次我替你写了。"公孙华一时摸不到头脑，夸了慕天几句就开始给慕天捏肩捶腿。

早晨，慕天和公孙华急忙地吃完早饭，向着教室赶去，慕天看到教室的门口聚集着几个同学在聊天，他本想直接走进教室。当经过他们身边时，他不经意间听到了几个词像"梦""洪水""大雨"之类的。慕天停下了脚步，刚要转身去向他们打听一下，不想恰好撞在身后的公孙华怀里。

公孙华拖住慕天："我知道，你也想多看看那几位美女是吗？"慕天一愣神。公孙华偷偷指了指那边聊天的一伙人，"看到那几个美女了吗？那可是公认的校花啊。旁边那些男的，家里非官即富。"

"他们是社团吗？"慕天不解地问。

"他们是校科技社的。我现在最多也只混到了院级的科技社。"公孙华说道。

慕天又要向他们走去，又被公孙华拦下："喂喂，我刚才说的都白说了是吗？"

"你什么意思。"

"我的意思就是不要去自取其辱。"

"我又没想加入他们，只是想问点事。"

"你以为他们会愿意为你恭敬地解答吗？"

"我们是平等的。"说完慕天就挣脱了公孙华的手臂径直向他们走去。

杨慕天手里握着一杯豆浆，傻模傻样地凑到那一伙人旁边，装作自己在吃早点一样，但却在他们旁边偷听着他们的谈话。隐约地，慕天又听到了"梦""大雨""洪水""科技杯"。慕天心想，科技杯不是只有高年级的所谓科技人才才能参加的全国比赛吗？他们几个肯定知道点什么。

于是慕天鼓足勇气，凑到旁边小声地问了句："我说几位同学，你们讲的洪水是梦里的洪水吗？"话音还未落地，只见一个高大威猛的男生就一把捂住了慕天的嘴，把他拽了过来。"听着小子，无论你是从哪里听来的，只要你再敢向别人提起哪怕半句，我就会把你的嘴打烂！"慕天被这突如其来的一幕吓得不敢言语。

这时，那伙人中一个漂亮的女孩儿说话了："黄龙，我觉得他并不知道什么，放开他，别招惹是非。别人瞎说几句你就压不住自己的暴脾气了？"周围的人发出一阵笑声，黄龙松开了手。

那女孩儿走到面色惨白的慕天面前，温柔而淡定地说："这位不知天高地厚的小朋友，我想你并不知道你在说什么，也休想剽窃我们的参赛内容。另外告诉你，这个游戏不是你这种普通人能玩的。"说完，这一帮人就进了教室，坐到了教室的第一排。

慕天十分不服气地站在那，公孙华一直躲在一旁的大树后，看到他们走了马上走过来："哎呀，我就说你招惹他们干嘛呀！"

"我是普通人，他们是什么人？你混得这么开，知道他们是干什么的吗？"

公孙华想了想："他们只是比你这种普通人多了好深的家庭背景、好多的个人财富、好高的智商和成绩排名。"

"是吗！？那既然这游戏他们不带我玩，我就只能自己玩玩了！"

公孙华最爱玩了，一听这个："什么游戏，带我也玩玩！"

"玩命的游戏，你玩吗？"

"听着就刺激。"

"那你玩吗？"

"不玩。"公孙华一撇嘴，"哥今晚还有约会呢！"说着，公孙华就拉着慕天进了教室。

刚上课，教授拿着厚厚的一摞卷子走了进来："今天我们做一个随堂测试。"教室内一阵唉声叹气，不过第一排的那伙人却是异常的兴奋。

公孙华马上坐得离慕天又近了些。

"大哥，你要干嘛？"慕天看着一旁鬼鬼祟祟的公孙华。

"那还用问吗？你得帮我！"

"那你也不用坐这么近吧，你都快坐到我腿上了！"

考试开始了，这些题目对慕天来说并不难，因为只不过是平时作业里的题目，但是对常年抄作业的公孙华来讲就是看天书了。不过好在教授在讲台前忙着自己的事，对下边学生的小动作似乎也并不关心。最后公孙华干脆把慕天的卷子拿过来抄了。不过慕天的心思早就不在这里，他在想关于梦的事。

考试结束时，有的人自信满满，有的人唉声叹气。不过大家依旧是老样子，慕天去食堂吃饭，之后回宿舍继续宅着，公孙华则找了几个同学出去逍遥了。

宿舍里，慕天坐在电脑旁，在搜索引擎上搜了下"梦境""现实"之类的词语。竟然没想到搜出了一个叫天网的公司，他们在几年前就提出了一个在梦中模拟现实的理念，不过也仅仅只有当年的广告而已，之后好像是跟某些机构有了合作，再后来就销声匿迹了。慕天若有所思地在那里发呆许久。

二、大梦初醒

慕天总觉得天网公司的研发产品和他所经历的梦境多少有些相似，这是个很有前景的项目，怎么可能到最后就销声匿迹了呢？慕天躺在床上，想不通就索性不想了，他拿起了他最喜爱的《福尔摩斯探案选》，让自己的思绪飘到了别的地方。慕天虽然表面是个很闷的人，其实内心是个彻头彻尾的乐天派，面对难以理解的事，他总告诉自己最后一定有答案，便不再让这种事去伤脑筋。

慕天看得越来越入迷，尽管这套书他已经看过几遍了，但每次看都能让他紧张而兴奋。不知不觉，天渐渐黑了。慕天打了个哈欠，望了眼公孙华依旧如往常空空荡荡的床铺，便充满困意地躺下了。

当他合上双眼，他便睁开双眼。这次，他依旧坐在那个宽大松软的沙发上，但是令他意外的是，他发现自己正在水下，令人窒息的感觉让慕天一下子从沙发上跃起游向上方的水面。慕天不会游泳，但求生的本能让他向上游得飞快。几秒钟后，慕天感觉自己到达了水面，他奋勇一跃，却被什么东西重重地挡住了，原来是水已经淹到了屋顶。慕天只能透过水面和屋顶间仅有的狭小的空间呼吸着。可是慢慢地，水面依旧在上升，最后充满了整间屋子。慕天再也没有力气挣扎了，他觉得身子特别沉，开始渐渐失去知觉，他唯一的感觉就是自己正在向水下慢慢沉下去。一瞬间，大水消失了，而慕天的身体还悬在半空，他重重地摔到了地板上。慕天不停地吐着体内呛到的水。很久，慕天才喘息均匀了，他看了看四周，一切都是他第一次来的模样，一点儿都没有大水来过的痕迹，他的衣服甚至都是干的。他站起来，才发现，原有的黑暗都不见了，现在在他面前的是一间明亮宽敞的房子。

大厅不远处的地面上，有一张贺卡。慕天走过去捡起来，上面写着："亲爱的梦神，你还未在本梦境中心注册，请尽快完成注册。欢迎来到联合梦境新世界。"

"这都是什么乱七八糟的。"慕天心里想着，将贺卡随手一丢，贺卡便消散在空气中。他第一次走出了房子的大门。他的门外，一侧是无垠的草原，一侧是山坡，草原与山坡中间是之前他在窗口看到的小河，小河绵延到天际。而天空中的一轮明月，更让这白昼多了些神秘的色彩。秀色可餐的奇异美景让慕天的内心无比惬意，"要是这是在现实中就好了"。

慕天走到河边，看着河面映出的那个自己想成为的自己，这时，慕天突然想变出一顶帽子，便像之前他在家中那样挥了挥手，可是这次，无论他怎么用力，都毫无效果。"在梦里也像现实中这样无能为力了？真没劲。"慕天抱怨着，"算了，还是回到我的沙发上坐着吧。"慕天准备要回去，突然间他觉得身体一轻，身体仿佛变成了一缕轻烟，一瞬便回到了他的座位上。

慕天恍惚了一下。"刚才发生了什么？"他心里嘀咕着。诧异的同时，也明了这里是梦里，在梦里总能有神奇的事情发生，于是慕天抱着试一试的态度，想着重新回到河边。这次他睁大了眼睛，他看见自己的身体像雾气般消散在空气中不见了，而自己却随风极速地向河边飞去，到了河边身体又缓缓地聚集起来显出本来的模样。

慕天通过观察水面上的倒影知道了整个过程，由原来的难以置信，变为现在的眼见为实。他觉得虽然这样的变化对他来讲并无用处，但毕竟自己在梦里有了这样的本领，总比什么都没有好。

他回到自己的房子里，走到一副围棋边，饶有兴致地自己与自己对弈。只见一个身影坐在一把椅子上置棋，倏地这个身影又显现在对面的座位上做思忖状。

窗外一轮明月随着时间的流逝渐渐落下，太阳伴着夜幕徐徐升起，慕天还沉浸在自己的游戏中。突然，慕天觉得不对劲儿，他脚下的大地开始摇晃消失，他在不停地下坠的途中，吓得不敢睁开眼睛。待他再睁开眼睛，又回到了自己的床上，身边的闹铃不停地"号叫着"。他勉强睁开眼睛，用力地按停了恼人的闹铃。他朝公孙华的方向看过去，没有抄作业的身影，"也对，今天的课都不收作业，他估计是直接去上课了吧！"慕天没有太在意，起床去吃早点，继续迎接这忙碌的一天。

一上午过去了，慕天没有看到公孙华，"这小子神机妙算啊，这几节课不点名也没有作业，他就恰好不来，看来学长学姐不是白认识的，总有内部消息啊！"慕天还有点敬佩起公孙华了。

到了晚上，慕天还是不见公孙华，心想这家伙不会是被人拐跑了吧。不过他定下心来仔细想了想，他觉得以公孙华的情商，不拐卖别人就不错了。他拨通了公孙华的手机，立刻就被对方挂断了。

马上，慕天收到了公孙华的短信："哥已进入校科技社，这几天突击培训，不回宿舍了，你自便吧，回去哥就要变身啦！"慕天看了一眼，搞不清这家伙在搞什么鬼，不过也没往心里去。

接连几天，慕天依旧过着三点一线的生活。时不时收到公孙华让他帮着写作业的指示。慕天也帮着做了。奇怪的是这几天的老师们竟然没有一人点名，慕天对公孙华的崇拜之情也愈发强烈。同时，慕天也注意到，第一排的那几个校科技社的人，这几天也没有来。老师没有问，只是教室里空出来的第一排显得格外突兀。

同样在这几天的夜晚，慕天在自己的梦中玩得越来越熟练。直到有一天，他才意识到这并不是他自己的梦。

那是一个平静的夜晚，慕天写完作业，刚要上床睡觉，只听见门外传来一阵阵与人打招呼的声音，"一定是公孙华回来了！"慕天心知肚明。公孙华推开门回到宿舍，一屁股坐在自己的椅子上，大喘着气。

"我说公孙公子，你这是怎么了？校科技社培训回来啦？"慕天打趣地问他。

公孙华没好气地回答："他们算什么东西，叫哥过去就过去，让哥不去哥就不去？本来今天还是要培训的，可是带头那几个，就是那天和你起冲突的，突然说今天培训提前结束了。"

"那不是挺好的吗？可以回来休息了。"

"哥是需要休息的人吗？有几个小姑娘，刚混熟，她们的电话还没要全呢。"

"你要来几个了？"

"百分之九十九了吧。"

慕天上前拍了下公孙华的大脑袋："你个流氓，这就不少了好吗？"

"以我的水平，怎么会有漏网之鱼？"

慕天摊了摊手："无聊。不理你了，我要睡觉了。"

公孙华掏出他的两部手机，边打字边自言自语："那我就开始我的聊天时间了！不过关于今晚会出现在梦里的事，我可就自己咽到肚子里了？"

慕天瞬间困意全无，马上从床上爬下来，一把抓住公孙华："你知道什么讯息吗？"

公孙推开了慕天的手，翘起腿："刚才是谁觉得我无聊啊！"见慕天抬手要揍自己："好啦，我说不就完了。这几天我虽然没有和他们领导层混得很熟，不过你知道的嘛，学生社团就那么点事，漂亮女孩儿很容易和男社团领导交流，而我恰恰又善于和漂亮女孩儿交流，所以从她们那里得到了点消息。"公孙华顿了顿，"听说有一个公司和国家科研机构联手在搞一个项目，是要将梦境塑造成现实。据说正在向全国招募梦境试验者，不过因为名额有限，而且参加这种项目肯定能获得国家奖，对将来深造发展会有用，所以学校领导只通知了那几个关系户。"

慕天若有所思地游离半响。公孙华摇了摇慕天："喂，不过他们还说，据小道消息，这个项目的负责人会有办法让所有有潜质的人参与测试，选拔出一些人。不过具体干嘛就不知道了。你说他们怎么让所有人参与测试呀？绝大部分人连这个项目的消息都不知道。"

慕天还是没有想通，便佯装有困意要上床睡觉了。但是公孙华最后小声地说了句："善意的提醒，听说今晚会有事情哦！"说完，公孙华的手机就陆陆续续响了起来，他的"正事"开始了。

慕天躺在床上久久难以睡去。不过到了后半夜，最终他还是强迫自己睡着了。一阵困意，他睁开眼，在那幢小房的后山坡上，"我的沙发怎么被搬到这里来了？"慕天疑惑着。隐约地，他听到了从房子那边传来的阵阵响声。他趴在山坡上向下看去，一伙穿着制服的人正在他的小房里打砸，好像在找什么。最后那些人沮丧地走出来，站成一排，准备离开了。其中一个好似带头的，站在慕天的屋外许久，抽着烟自顾自地低着头，突然他朝慕天所在的方向望了一下，慕天赶快低下头藏好。

透过小小的缝隙，慕天看到这群人分别摸了下各自的臂章，转瞬便消失在空气中。又等了许久，慕天确定那群人不会再回来，便使用自己的本事，一阵虚幻，慕天飞速飘回到自己的房子里。曾经那么温馨的小屋，现在已是面目全非。在屋子一进门的小桌上，立着一张卡片，上面写着："我们命令你从此以后不要进入梦境，否则将会受到惩罚，以此通告。请尽快服用梦境药丸以永久离开梦境。"落款是梦神仲裁委员会。慕天看着桌上的小药丸心想，自己做自己的梦，关这群人什么事。

慕天拿起药丸，心想自己只是想找一个安静的世界待着，却要经受这番待遇，但自己又不想惹事，纠结地左右为难，不禁觉得自己的渺小无力。他回想起睡前公孙华的话，原来这就是公孙华说的不平凡的一夜。他带着药丸，身子如雾般消散在空气中，又在山坡后的沙发上缓缓显形。他体验着最后一次在这个沙发上的舒适。刚要将药丸放到嘴里，只听见身后传来一个稚嫩的声音："懦夫！早知道你是这样的胆小鬼，我就不应该救你。"慕天回过头，发现一个戴着墨镜的小朋友，估计也就是十岁左右的样子，衣着很酷，一身牛仔服，爆炸头，可是依旧是一脸稚气。

慕天一脸疑惑："请问你是？"

"我是我自己的梦神，我还没想好给我自己起什么名字。"

"那我就叫你小屁孩儿吧！"慕天打趣地说，"不过你知道这一切都是怎么发生的吗？"

"我哪知道去？我只是看到他们一伙人把我许多的小伙伴都吓得离开了这里，但是我偏不听。我在梦境中有看透对方想法的能力，所以我猜到了他们要来到这里，而这沙发应该是你最喜爱的东西，因为只有它一尘不染。我知道你会出现在沙发的位置，费了九牛二虎之力把它搬过来。没想到你这么怂！"小屁孩儿摘下墨镜，水汪汪的大眼睛在可爱的小脸上死盯着慕天，撅着嘴。

"好啦，我没你想象的那么怂！"说完，慕天就把药丸向远处扔了去，药丸便缓缓消失在空中。"谢谢你，小屁孩儿！"慕天摸了摸他的头。

"这还像个男人。天要黑了，我得醒了，否则上学又要迟到了。"小屁孩儿仰头看了看天上的月亮。临别时，他把系在自己脖子上的细绳解下来，交给了慕天，这绳子上挂着一个拇指大小月亮形状的水晶瓶。小屁孩儿轻拍了下自己的额头，便有一个发亮的晶体出现掉落在地上，仿佛是从小屁孩儿的额头里敲出来似的。小屁孩儿捡起了那颗晶体，打开水晶瓶将晶体放了进去，突然从瓶口喷出一道美丽的色彩，仔细看去，这色彩形成了一幅地图。"我现在将我的月瓶送给你，你可以按照地图来找我玩，现在我的朋友都离

开了，我很无聊的。这张图特别
精准，还很神奇。"说完小屁孩
儿就狂奔着跑向远方。

　　慕天望着他离去的背影：
"这小屁孩儿竟然会用成语，还
九牛二虎呢。真有趣！"慕天看
着飘在空中的地图，但这图让慕
天哭笑不得，上面的图案和标记
都很模糊，有一个房子写着"杨
慕天"，还有一个小房子写着
"我"，旁边用一道曲曲折折的
线连着，应该代表着那条小河吧。但是这没标东南西北，慕天到底
要去哪里找他呢。慕天差点笑出声来，"这哪里精准了？孩子就是
孩子，他不会是上天派来逗我的吧！"

　　慕天再次仔细看了看这张地图，觉得这地图的表面附着了什么
东西。他想拂去这空中图样模糊的表面，但当慕天手指碰到这地图
的一刹那，地图犹如水波般荡漾了几下，色彩一下子鲜艳了许多，
上面精准地显示着当前房子的位置，许多不同颜色的光点的在上面
移动着，其中一个正飞速远离地图的中心，和刚刚那个小屁孩儿的
方向一样。此外，这张地图有很大的部分都是没有图案的黑色，但
是随着小屁孩儿的移动，周围的地图显现开来。慕天将月瓶的盖子
盖好，地图的薄雾便消散了。他小心地将月瓶系在自己的脖子上，
藏在衣领下的胸前，坐回沙发，静静等待着新一天的开始。

　　慕天睁开眼，望着破旧的天花板，惊心动魄的梦使他身心俱

疲。不过他很享受这一份远离现实的经历。当然，他不会太把梦里的事当真，他只觉得自己是个过客，得之我幸，失去也并不打紧。虽然他还想继续沉浸在昨夜的梦中，可是他毕竟是个很现实的人，他现在的首要任务还是好好念书，顺利毕业，找到一份工作养活自己。

公孙华这次早早便把他放在桌面上的作业拿走，应该是到教室认真抄写去了。慕天慢吞吞地向教室走去。进了教学楼，眼看快到教室了，教室门口那几个"尖子生"又在窃窃私语着什么。慕天记得上次吃过的亏，便装作没看见向教室里面走去。他感觉到有人一直在盯着他，他朝那群人一瞥，看见一个高挑美丽的姑娘正和他四目相对。虽然是这么美丽的女孩儿，可是慕天没有觉察到丝毫柔情。这犀利的眼神，让他回想起昨晚那一个一直朝他隐藏方向扫视的带头人。虽然当时面具遮住了那个人的脸，但是这眼神和那个人好像，慕天不禁打了个寒战。

慕天急促地避开那个目光，那女孩儿也不再看着他。两人的目光就这样相安无事地断开了。

要上课了，那几个人依旧坐在教室的最前排。时不时地，那几个人中的一两个会回过头来，看向教室的最后一排，那里没有别人，一直是公孙华和慕天的位置。公孙华敏锐的小眼睛将这一切尽收眼底。他悄悄靠向慕天："你说他们是不是已经发现了哥的领导能力，想观察我考察我，带我进校科技社领导层呀？"

"就你？你有什么好！他们瞎了眼了！"慕天一脸不屑。

"你呀，看不到我就是泥土中的金子。"

"好吧，等你当领导了，多多罩着我！让我也知道校科技社有多好呢！"慕天打趣地说。

正说着，教授走了进来，脸上洋溢着笑容，和前排的几个同学聊了聊家常后，开始用洪亮的声音说："大家静静，开始讲课了啊！上次测试的结果出来了，咱们学校科技社的同学依旧是名列前茅啊。"

第一排的几个俊男靓女脸上露出骄傲的笑容。

教授接着说："你们几个我都认识。另外我再问一句啊，你们班里有叫杨慕天的吗？站起来一下，让大家认识认识。"教室里瞬时一片寂静。

慕天心里咯噔一下，"难道是公孙华抄自己作业的事被教授发现了？"慕天怯怯懦懦地从座位上站起来。

偌大的阶梯教室，所有人的目光都聚集到慕天这来。"小伙子，非常非常不错，我还是第一次看到有人能在我科技原理的考试中拿到满分。大家给他鼓鼓掌啊！"教室里响起了热烈的掌声。

慕天被这突如其来的一幕搞得不知所措，僵硬地挠了挠头。一旁的公孙华吹着口哨大声叫好，还冲着周围的同学大声嚷嚷："这是我哥们儿，这是我哥们儿啊！"最前排的那几个人的脸色突然间变得特别难看。

小插曲过后，课堂又恢复了平静，公孙华进入了梦乡，慕天依旧认真地看着书。下课铃声响了。慕天费了半天力气才摇醒身边酣睡的公孙华，这时候教室里只剩下最前排正在围着教授问问题的"尖子生"们了。慕天和睡得昏昏沉沉的公孙华起身离开教室，正巧那群校科技社的一伙人也出来，撞了个正着。他们见到慕天没什么好脸色，其中一个女孩儿，像是其中的领袖似的站在最前面。这么年轻却穿着很讲究的衣服，身上的配饰也都价值不菲，一副盛气凌人的架势。她径直走到慕天旁边，凑在他耳边，傲慢地说："不要挡我们的路。"慕天刚要让开，她接着说了句："包括在梦里。我知道你在干什么。趁早离开，这不是给你们这些普通人玩的。"说完这一伙人就大模大样地走了过去。

公孙华揉揉眼睛，清醒了不少，对着他们很是谄媚地笑脸欢送。慕天看着公孙华："你怎么这么低三下四的？"

"这些都是我领导啊。将来说不定能提拔我呢？"

"你真觉得他们会瞧得起你，提拔你？"

"当然不是了，所以我用我刚抓了早餐油条的小油手擦了擦他们的衣服，这可不好洗呢！"

"你呀，做别的事不见你这么细心。好啦，快走吧！"说着，两人就向寝室走去。

慕天和公孙华回到宿舍，开始玩起了游戏。慕天问起来："你今天怎么没有约会啊？"

"别提了，还不是因为你！所有之前不努力学习的同学现在都在开始努力学习了，之前努力学习的现在都玩命学习了！"公孙华满腹牢骚，"谁还陪我玩啊！"

"为什么这样？"

"还不是这次测试闹的，有的人成绩很低，可能还没到期末，离挂科就不远了。"

"这样子啊，我还真不知道这测试跟期末成绩还有关系。"

公孙华神神秘秘地凑过来："你知道他们那几个校科技社的为什么恨你吗？"慕天摇了摇头。

"听说最近学校在选拔一批人，要参加一个什么项目，而参加这个培训项目的人，将来可以轻松到世界顶级学府深造。而这个选拔是秘密的，也就是说在一些相关课程的考试中，评审组都会看候选人这些课程的成绩。"

慕天双手一摊："怪不得他们对我恨之入骨了。不过他们也都是前几名，我的成绩也和他们几乎没差，更何况他们的平时成绩比我好得多。"

"这就是气人的地方啊。你不想但是你却能得到。"公孙华手机短信响了，两人不约而同地放下了手头的游戏。公孙华又有约了，他笑得合不拢嘴："我还以为他们能坚持一天呢，看样子我高估他们了。"

公孙华开始梳洗打扮了："他们竟然觉得我考试成绩好，想和我当面交流，向我取取经，问我是怎么能够做到社团活动不耽误，成绩还这么好的。"

慕天早已躺在床上了，懒懒地翻着书，"这说明你聪明啊！"

"没错，我就是要打造这样的个人形象，而我也计划着成立自己的社团，另起炉灶。"说着，伴着阵阵男士香水的气息，公孙华拖着肥硕的身躯，飞奔着离开了。

慕天立刻又从床上坐起来，他觉得公孙华口中说的选拔应该是一项全国的科技项目，他开始在网上搜索相关的信息，可是毫无痕迹。慕天心想："这些项目说是公开选拔，实际上全部都是靠人际关系，哎，算了。还是研究研究自己感兴趣的东西吧。"慕天拿起了一本程序设计的书，无聊地翻看着。

转眼到晚上了，还没吃晚饭，慕天突然觉得一阵困意，"先小憩一下，待会出去吃顿夜宵。"趴在床上慕天就睡着了。

　　他合上双眸，便睁开双眼，吓得他直接从沙发上跳起来，原来是那个小屁孩儿正在离他眼睛不到十公分的地方盯着他，他用充满稚气的声音说："你怎么才来呀！我都等你好久了！"

　　"可是现在刚晚上九点啊。"慕天一脸无辜。

　　"我爸妈让我八点就睡觉了呢！我也没事，就过来找你玩。"小屁孩儿拉着慕天的手开始往外走。

　　"等等，你这是要去哪啊！"慕天的力气还是比他大，把他按住。

　　小屁孩儿突然回头，仔细地盯着慕天的眼睛，仿佛看到了慕天的心底，"一个漂亮的大姐姐，干练而漂亮的衣服，可是脾气好像不太好。她是谁啊？"

　　慕天突然想起来这小家伙能看出自己的心思："你只要不问，我现在就陪你玩。"

　　小屁孩儿特别高兴，继续拉着慕天就向慕外跑去，边跑边说："慕天哥哥遇见了一个漂亮的大姐姐！"

　　"你胡说些什么。"慕天脸红了起来。

　　"这位大姐姐特别漂亮是不是？你喜欢人家是不是？不过她太过于傲慢，不适合你哟！"小屁孩儿继续拽着慕天向前走。

　　"咱们这是去哪？"慕天急忙转移了话题。

　　"带你去看个好玩的东西。"

三、巨石场奇缘

　　不一会儿，他们俩沿着慕天房前的小河到了一个三岔河口，原来慕天门前的小河是这条大河的分支。小屁孩儿带着慕天走到这条大河的河岸边，那里有一个小湖，是大河的水涨潮时溢出而成的，隐约还能看见里面有几条小鱼。

　　小屁孩儿趴在地上，冲着水面大声说："你好！"

　　慕天看着他，心里想："这小子大概是疯了吧！"

　　不过，水面上马上浮现了两个字"你好"，很快又消失了。慕天看着眼前的一幕，惊呆了，不过他又仔细想想，这里是梦境，没有什么不可能的。

　　小屁孩儿接着摸了下脑门，手中出现了一小块闪亮的晶体，然后用手把晶体放入水里："你看，我玩的游戏好玩吗？"水面上浮现了一句："非常有趣。"

　　"慕天哥哥你过来，你也试试。"慕天执拗不过小屁孩儿，便蹲下身来，冲着水面上打个招呼："你好。"

　　"你好，月瓶的主人。"水面上浮现着。

　　慕天怀疑地问道："你是谁？你怎么知道的？"

　　"我是央河的梦神，只要你愿意与我分享你的梦，我便知道你的梦。我会为每个人保守秘密。因此，我从那个孩子的梦中知道了月瓶在你手上。"水面上浮现了好多文字。

"哥哥你真厉害，他从来没和我说过这么多话！"小屁孩儿睁着好奇的大眼睛看着慕天。

慕天接着问："那你能告诉我梦神的事吗？我是怎么来到这个梦的？"

水面上立刻浮现了几个字："打开月瓶"。慕天还没理解央河的意思，小屁孩儿就迅速翻着慕天的衣领，打开了月瓶，地图再一次从月瓶的瓶口飘扬出来。在地图上，只见几个光点飞速地向慕天他们这个方向过来。

"大哥哥快走！"小屁孩儿拽着依依不舍的慕天，躲到了远处的参天大树后。他们刚躲好，就见几个黑影闪现在池塘边。其中一个人虔诚地跪在水边，将自己的手伸入水中。而另外几个人则背对着这个人，四处张望着，像是他的守卫。

慕天和小屁孩儿远远地看着他们，慕天拍着小屁孩儿的脑袋："厉害啊，你怎么知道有人来？"

"最初我就是从这个小湖上捡到的月瓶，也是央河指导我如何简单使用这个美丽的瓶子的，通过地图，我找到了几个人，你是其中的一个。"

"那另外几个呢？"

"都被这些坏人抓走了！"小屁孩儿脸上露出愤怒的神色。

"可是我看到他们也在倾诉啊！"

"这我就不懂了。"小屁孩儿摇了摇头。

慕天的身子开始变得摇摆不定。"你可能是要醒了，记得一会儿找我玩啊，跟随地图找到我，我带你去看看我收集的好东西。"小屁孩儿热情地说。

"我怎么这个时候醒啊。好的，小屁孩儿等我啊！"慕天头疼地闭上眼睛。他缓缓睁开眼，在自己的床上，原来是一旁的手机响个不停。挂掉了骚扰电话，慕天一看表都晚上十点了，肚子突然间好饿，便出去找东西吃了。

慕天去宿舍周围的小摊儿吃了点夜宵，又在校园的湖边转了几圈，心情十分不错，一看表，已经晚上十二点了。他走回寝室，准备睡觉。盖上被子，他兴奋地想着一会儿找到小屁孩儿之后又会有什么新鲜的事物，不禁心潮澎湃，反而辗转反侧难以入睡。终于在不知道什么时候，慕天睡着了。他睁开眼，坐在他熟悉的沙发上。因为小屁孩儿之前把沙发搬到了房外的山坡上，他现在每次都要出现在山坡上了。

正当慕天兴高采烈地准备起身时，他闻到了一股浓烟味儿。他向浓烟飘来的方向望去，他的小房子正被浓浓烈火摧残着。慕天刚准备冲过去救火，看到房子前一群人正拿着火把扔向房子内，慕天虽然心中百般愤怒，但也最终打消了灭火的念头。

"是那个小子的地方吗？"

"应该是。"

"现在他再也无法来到这里了！让他跟咱们争！"

"……"

慕天远远听到了他们的咒骂声。平日里洁身自好的慕天，不想自己竟会招惹这么一帮人。不过好在自己的沙发并没有被他们发现。他抚摸着自己的沙发，心里无比感谢之前小屁孩儿为他做的一切，让如此平凡的自己还能够到达梦境里。

既然自己的小房子没了，慕天便打开月瓶，看着地图，顺着河流向小屁孩儿的房子走去。走着走着，他看到小屁孩儿的那栋房子正在消失，有一个光点正飞速地向他这个方向跑过来。慕天内心忐忑不安。他幻化成缥缈，如一缕薄雾快速地来到了那个奔跑着人的位置。不出他所料，真的是小屁孩儿。

正当慕天准备给小屁孩儿一个热情的拥抱时，小屁孩儿一下子躲开了。"不要碰我！"小屁孩儿气喘吁吁地嚷道。

慕天定睛一看，小屁孩儿满身伤痕，而且正不断地变得透明。"到底发生了什么？"慕天歇斯底里地问。

"大哥哥，小屁孩儿不能找你玩了，真遗憾呢。"他力竭地瘫倒在地上，用尽最后一丝力气，甩给了慕天一个徽章。"大哥哥，找到这个老爷爷，他需要你的帮助。我已经被他们强行灌了那种药丸，你不能碰我，要不然你以后也来不到这里。保护好你的沙发，保护好你的月瓶。去找那个老爷爷！"

慕天从心底里流露着无限的伤感，他不知道为何事情会变成这样，看着眼前痛苦的小屁孩儿："对不起，是我来晚了吧！你叫什么名字？"

"我呀，早已经玩够了，不要向他们屈服，大哥哥！"小屁孩儿叫着："我在这个世界里，就叫小屁孩儿。"一阵孩提的笑声，小屁孩儿彻底消失了。

慕天心底里觉得自己十分懦弱，甚至还不如这孩子。他走到徽章处，准备捡起徽章，谁知刚一拿起这徽章，他便被瞬间带到了一个陌生的地方———一处荒凉的悬崖。

　　慕天晃了晃脑袋，从地上爬起来，眼前的一幕让他大吃一惊。大约有男女老少三十几人，正瞪大了眼睛看着他。

　　他赶紧起身，准备离开，却被两个身材魁梧的男人抓住。

　　"他是谁，不会是来抓我们的吧？"人群里传来了惊恐的声音。

　　"管他呢，先把他干掉再说！"说着，有人把一个装满药丸的小瓶扔到了慕天面前。

　　这时，一个面容慈祥的老头走到慕天面前，示意那两个壮汉松开慕天。他看着慕天手里的徽章，拿到自己手里仔细摸了摸，"我想你是小小的朋友。"人群一下子静了下来。

　　"你是说那个小屁孩儿吗？对对，这个是他交给我的！"慕天有些慌张。

　　"既然你是小小的朋友，那也就是我们的朋友。"老人语重心长地说，"我们正在推选我们的领袖，可是到目前为止，还没有人抓到领袖的签，既然你来了，那么也不妨试一试。"说着，老人把一桶竹签放到慕天面前。慕天没有多想，人家叫怎么做自己照做就好了。他随手一抽，递给那个老人。老人看到签后一下子跪倒在地，身后一行人也都跟随着跪倒在地。

　　慕天这下子可慌了手脚："你们这是怎么了？"

　　老人用洪亮的声音说："恭迎我们的梦神之主！"

　　慕天拽着不肯起身的人们："我哪里是什么梦神之主，我就是个上学的学生！"

　　人群中几个妇人抱着几个孩子走到慕天面前，老人抱起了其中的一个："你看看这些可怜的孩子，他们本该在这个梦境里愉快地玩耍，但是现在他们身体虚弱，都是那群自以为是的坏人捣鬼。你是被命运选中的人，你要保护他们。"

"可是我怎么保护啊？"

"要是你执意不肯做我们的领袖，那么有一件事你一定要帮我们做。"老人恳求着说："小小给你的月瓶你还有吧？"

慕天把系在脖子上的月瓶解下来，交给了老头。老头打开月瓶，在地图上一块黑色的区域点了点，"请您务必到这里，找到一位真正的梦神并将徽章交给他，让他来保护我们。"老头将小屁孩儿的徽章留下，给了慕天一个新的徽章，一并交还了慕天的月瓶。

慕天刚想推辞，看着这群人祈求的眼神，心想："连小屁孩儿都那么勇敢，我还害怕什么。而且我是被选中的人。"慕天点了点头，那群人瞬间欢呼雀跃。像英雄一样的拥戴让慕天有点飘飘然，他告别了老头，转身开始根据老人的指示向目的地进发。

看着慕天远去的背影，有人凑到老头身边，"您认为这样行吗？"老人摇了摇头，低声地自言自语："对不起，孩子，对不起。"

慕天沿着老头指的地方不停地向前，他用自己在梦境里独特的本领，像搭上了快速的另个时空，迅速地前进着，一心把自己当成大英雄的他越跑越快。月瓶中的地图上原本黑暗的部分，随着他不停地前进而慢慢显现出来。他越过了一座又一座高山，跨过一处平原，来到了一块布满巨石的地方。

慕天在老头指示的目标地点停下来，聚集成形，大模大样地往前走。虽然这就是老头指引他来的地方，但是隐约地，慕天总觉得有人在他周围暗中盯着他。他猛一回头，大致看到了一个身影。慕天又转过头，不想立刻就被几把射过来的短剑刺破了衣袖，钉在了身后的巨石板上，好在短剑并未伤到慕天。

可是慕天还是没有看到任何人出现，"谁，到底是谁？有本事出来啊！"慕天惶恐地大喊。

这时，一个身影从天上跳下来，只见他戴着面具，身后挂满了短剑，不高的身材却难掩健壮的肌肉。他慢慢踱步到慕天面前："你是谁，为什么到这里来？"

"我是受一位老人之托来的，他要找他们一行人的梦神之主！"

那个人听后哈哈大笑，"就他们那群在这个世界苟且偷生的人还想让人来保护？"

"你知道他们？那你要是不想，能不能在这里找一个愿意帮助他们的人？"慕天恳求着说。

那人没有回应，而是若有所思地问："前面那么多座山，都有战士把守，你是怎么过来的？"

慕天在那含含糊糊装傻。这人不耐烦了，从身后抽出一把短剑，伸向慕天的脖颈。

"慢着！"一个戴着眼镜文质彬彬的人从钉着慕天的巨石后走出来，"矮子，你这么性急，可不是什么好事！"慕天看了看他，修长的身子裹在一件墨色的长袍下，一头长发在男人的装扮中甚是亮眼。

"有你什么事？"矮子把刀放下，"眼镜，这家伙也不知道什么来头，前面那么多关卡他都过来了，威胁这么大，不如快刀斩乱麻！"

"我觉得吧，这种事情还是从长计议。"眼镜走到慕天身边，用手摸了摸慕天的额头，那额头上的一绺头发便变成了白色。

"让我带他去见见金手吧。"矮子没有再说话，把慕天衣服上的短剑一一拔下。

慕天揉了揉僵硬的身子，摸着自己的那绺白发："这是怎么回事？"

"无论你走到哪，我都能找到你。所以孩子，在我们没确定你是敌是友之前，你最好乖乖的！"眼镜头也不回地说。

慕天跟着眼镜缓缓翻过几块巨石。来到了一片巨石场，这里站满了各种各样的梦神战士。

慕天呆呆地看着面前众多的人，有的人也时不时地看一眼慕天，大部分人则还是自顾自地训练着。这些人各有各的本事，有些人面前的巨石只一下就被他们击得粉碎。慕天正看得入迷，不想山顶一块巨石滚了下来，就当慕天以为自己在劫难逃时，一个高大的身影站到了他面前，只用一只手就挡住了巨石。这个人健硕的臂膀比慕天的大腿还要粗，更为令人惊讶的是，这个人的右臂全都是金色的。

"金手将军，我把人给你带来了。"眼镜说完就鞠躬离开了。慕天心想，眼镜都对他毕恭毕敬的，他应该是个很厉害的人物，"您好，我叫慕天，我是受人之托来的。"

"你不属于这里！"金手没有理会慕天。

"不属于哪儿？"

"你不应该来到这个梦境里。"

慕天听到这话，心里满是不服："哦，是吗？看来你和那帮毁人房子的人是穿一条裤子的！"还没等慕天说完，金手就捂住了慕天的嘴，周边练习的人一下子静了下来。金手带着慕天离开了巨石场的中心，到了一个边缘，这里冷冷清清的，只有几个看上去面善的人在嬉笑玩耍。

"小子，看样子你经历了很多。"说完，金手停顿了一下，仔细打量着慕天，"我想你一定有你的特别之处。这里是巨石场，是一片在梦境里单独开辟的训练场，训练那些被上头认为有天赋的人。而那些穿制服的人是没有办法进到这里的，他们和我们也不是一路人，你最好不要提他们。"

"上头是指谁？那帮穿制服的人又是谁？"慕天越发好奇。

"这个你不必知道，每个人的梦境都是不同的，想把人们的梦境连接在一起很难，不过我们做到了，给了人们能够生活的另一个世界的机会。但这个世界同时也需要人来统治。不过这些和你的关系不大。我看你有点潜质，从今以后，你的梦会把你带到这里，忘记你的那栋美丽的小房子吧。"金手说着弹了慕天的额头一下。

慕天疼得捂着额头说不出话来。金手哈哈大笑着离开了。

周围几个人凑到慕天身边来，"你看他好帅！""我觉得能力很一般嘛！""好像你的能力多高强似的，小乌龟！"

慕天站了起来，几个和他年纪差不多的年轻人正围着他。

"你好，我叫小甜，我能让自己变得很甜美很漂亮！"一个长得并不算好看的女孩儿向慕天抛着媚眼。

"行啦行啦，你这还不如不使用你的能力了呢。我叫龟强，我能变出一个龟壳，坚硬无比！"说着，龟强就把自己藏在了一个龟壳下。

　　这时一个小矮胖子走了过来，"他们都叫我肥仔，我的口袋里总能拿出各种各样的好吃的。"说着，就从口袋里拿出了一个蛋糕，放到了那个正趴在地上的龟壳上。龟强又变回本来的样子，拿着蛋糕大快朵颐起来。

　　慕天有些不知所措，一心以为自己能够帮助悬崖上那群人的慕天，现在却显得无能为力，"你们愿意去帮助一群需要帮助的人吗？他们给我指引道路让我来找你们，他们把所有的希望都寄托在了我身上。"慕天打开月瓶，指着地图上的一处位置。

　　小甜有些惊讶地拍了拍慕天的肩膀："我承认，你能从那里来到巨石场很神奇，不过我并不认为那群人需要你，因为一般人在通往这里的第一座山时就已经离开梦境了。"其余的两个人点了点头，只留慕天在那里傻傻地不知所措。

四、梦境与现实

慕天沉思了半晌，狐疑地问："你们是说，他们在耍我？"

小甜凑到慕天耳边，压低了声音说："梦境里都是人们想要的东西，但是如果每个人想要的东西都存在于我们大家的梦里，是不是很可怕？"

慕天有点不解："有什么可怕的？"

"比如无数的财宝，无限的权力，和……"

"和什么？"

"永恒的生命？"小甜带着严肃的口吻说，弄得慕天有点害怕。

慕天刚想问得细致一点儿，谁知有人在那边大声叫喊："你们这群懒猪，没什么天赋还不练习！"

他们三个人立马跑到自己的巨石面前，装模作样去了。慕天看着向他挤眉弄眼的肥仔，便也赶快找到一块巨石，站在那里瞎比画。待那个人慢慢走开了，他们又聚到一起。

"那是什么人？"慕天问。

"监督我们训练的教官。"小胖小声说。

"我们为什么要让他们管着？"

"因为这个联合的梦境是被统一管理的，你在这里不代表你永远能在这里，只有通过他们的选拔认可，你才能名正言顺地待在这。"

"进入梦境能代表什么吗？我还不想来呢！我只想回我自己的小梦乡里。"

龟强扑哧一下乐出声来："你的梦境早就不存在了，并且永远不存在了！"龟强又看了看天，"新的一天开始了，伙计们明天见！"说完，龟强合上双眼，缥缈般消失了。

这时，从远处过来了一个笑脸相迎的年轻人，他年纪应该与慕天相仿，离慕天还有一段距离就主动伸出手来握手。慕天十分惊讶，看着气质不凡且彬彬有礼的这个人，也赶忙伸出手来。小甜在一旁没好气地说："呦，这不是惊鸿大公子嘛，平时不都是瞧不起我们这帮人的吗？我们这么低的智商，不足以与您老人家交朋友！"慕天听着小甜的抱怨，似乎明白了什么。

惊鸿却丝毫没有理会小甜，甚至连眼皮都没有抬一下，和慕天握着手："我叫惊鸿，京大的高材生，听说有一位被金手破格录取的高手来到巨石场，我想过来认识一下。"

慕天很是惊讶，便也客客气气地说："我哪是什么高手，我就是误打误撞进入巨石场的，以后还得让您多多帮助！"

惊鸿满脸堆笑，继续问着："敢问您是哪所学校的高才生啊？"

慕天有些不好意思地回答："我没有您那么厉害，我是津大的，而且也不是因为自己天资聪颖才进入到这里的，和您交朋友很高兴。想问您能帮我解释一下巨石场的产生背景吗？"看着依旧是满脸堆笑的惊鸿，慕天似乎捕捉到了他嘴角的一丝异样。

惊鸿十分有礼貌地摇摇头："这个我也不知道啊！那么回见。"说完，惊鸿扭头便走，他转过身，眼神立刻变得鄙夷且不屑。

看着惊鸿离去的背影，慕天问着身旁的小甜："这人怎么回事？刚刚还好好的。"

小甜也鄙视地看着惊鸿："他呀，肯定以为你是什么大有来头的人物，没想到你学校没有他的好，也没什么来头，就走咯！由于他们是世界顶尖院校，所以他们是最早一批来到巨石场的，肯定人家是不屑于回答你的问题。当时听说管理层对他们给予了厚望，结果不还是什么产出都没有。还到处嘚瑟！"慕天无奈地笑了一下。

此刻，慕天觉得一阵困意："看来我也要醒了，明天见。"临走前，小甜还给了慕天一个飞吻。

慕天羞红着脸离开了这趟梦境之旅。睁开眼，依旧是破旧的天花板，依旧像往常一样起床上课。尽管他的心思早已不在课上，可是他没得选，机械的生活是他不得不服从的选择，毕竟他只是一个一穷二白的学生，将来还有很多现实的事情需要面对。

慕天急急忙忙赶进教室的时候，他猛然看见教室里人山人海，以为走错教室的他又立刻走出教室门看了看教室号牌，才确定是没有走错。慕天哪见过这样的课堂，不知所措地站在门口寻找着空座。只见最后一排一个肥硕的身影朝他玩命地招手，慕天定睛一眼，原来是公孙华。慕天朝那个方向跑过去，公孙华把一旁用课本占的座位让开，拽着慕天坐了下来："我跟你说，这回你要发达啦！"

慕天一头雾水："我发达什么了？"他又看了看四周，"这是要干嘛呀，砸场子啊！"

公孙华冲着慕天傻乐："傻子，今天学院领导要来宣布入选国家培养创新计划的人选，黑板上贴着的都是相关学科的随机测验成绩排名，你狗屎运，这五门你有三门是第一，剩下的也是名列前茅啊！"

"你是说那个科技协会一直在争的创新计划啊！"慕天没有公孙华那么大的兴致，"他们想要被选上，肯定能被选上。"

"你怎么这么悲观呢！"

"能选上就选上，选不上也没差，我都不知道这个项目是干什么用的！"

"干什么用的，干什么用的！"公孙华不停拍打着慕天的脑袋，"这事关咱们俩的前途！"

"跟你有什么关系！"

"你飞黄腾达了，我不也行了吗！……"

教室开始骚动起来，有几个西装革履的人从门外走进来，其中一个穿军装的十分亮眼。教授示意同学们安静下来，接着开始介绍到场的学院领导，甚至还有学校的领导、政府官员和军队领导。最后，一个学校的领导站起来开始宣布入选的人员名单："紫罗兰、黄龙、……恭喜这五位同学！"

全场鸦雀无声，几秒钟后，开始了窃窃私语的嘈杂声。"竟然没有成绩排名靠前的几个人？""是啊，连第一都没有！"……

"安静！"校领导清了清嗓子，"本次选拔不光看成绩，最终的是看综合素质，这五位同学综合成绩虽然不是最顶尖的，但是每门课都名列前茅，而且在学生社团、科研竞赛中都有上佳表现，最重要的是，他们提前参加过相关项目的培训，是这次选拔的最佳人选。"

全场依旧是鸦雀无声。突然，公孙华气急败坏地大嚷："黑幕！黑幕！"他拽着慕天站起来："凭什么慕天成绩第一你们都不选，那搞了半天弄这种形式干嘛啊！" 教授突然站起来指着公孙华："你再扰乱秩序小心让你这门课不及格！"公孙华撇了撇嘴，委屈地坐了下来。偌大的阶梯教室四下里开始陆陆续续传出不和谐的声音。学院领导一看场面要收拾不住，立马宣布结束，哄着其他人开始往教室外面走。

慕天盯着那个穿军装的人，而那个人临离开教室时，也看了慕天一眼。他们四目相对时，慕天觉得那双眼似乎一下子就能看穿自己的心底，便急忙翻看书本，躲开了那鹰一般犀利的眼神。

教授继续讲课了，头一次挤满了这么多人的教室，随着学生的溜走，不知不觉又变得有些空荡了。而坐在教室里的同学也并没有什么心情听讲，教授自己似乎也是在熬时间。一声下课铃声响，教室里的所有人才精神起来。

慕天推了推一旁一潭死水似的公孙华："我说你至于吗？我没选上都没伤心，你怎么跟丢了魂似的？"

"我能不伤心吗？我跟我社团的组员都夸下海口了，说我哥们儿肯定能入选这个项目。"

"没关系，你再跟他们好好解释一下就好了，毕竟这种东西，人为的因素太多！"

"那不行，那个组员真的好漂亮！"公孙华趴在桌子上不起来。

慕天也执拗不过他，就陪他一直坐在那里，"话说这只是一个国家级科技创新项目，至于会让军队的人也参与进来吗？"慕天见公孙华不搭理他，无精打采的，便开始给公孙华讲这几天他梦里的故事。起初公孙华并没有听进去，但可能是慕天苦口婆心地唠叨了半天，不知公孙华怎么就听到了一句，猛地把头凑过来伸向慕天："你是说你在梦里面发生了这么多事？"

"对呀，你说奇怪不奇怪！就像是一个身临其境的游戏，只是不知道游戏的结果是什么！"慕天耸耸肩。

"喔，那就对了。"公孙华若有所思地自言自语。

"对什么了？"

"我在校科技协会，总能听他们在那里嘀咕梦里这个，梦里那个，不过我没仔细听。如果你已经像他们一样进入了梦里……"

"那我就不用跟他们争了！"

"那就更要跟他们争了。你放心，从今天起，我就是你安插在校科技协会里的小眼睛小耳朵，我会观察他们的一举一动，偷听他们的每一句话，给你情报！"公孙华的眼睛中又闪出了兴奋的光芒。

其实慕天根本就不想让公孙华掺合进来，但是能让公孙华振作起来跟他去吃午饭，他觉得还不错。

中午两人愉快地吃了饭，慕天刚准备回寝室睡午觉，公孙华就收到了短信，是科技协会下午的庆功会议。

"慕天，我去了啊，有任何消息我会马上通知你！"公孙华转身便离开了。慕天刚想制止公孙华，却只见他肥硕的背影飞快消失在学校的林荫大道上。

"我要是有他这种社团积极性就好了。不过我还是更喜欢回去睡觉。"慕天心想着。

慕天躺在寝室的床上，正为下午没有课可以美美睡一觉而心满意足，手机短信就开始像音乐会一样响个不停。慕天起初还懒得爬起来，但等他最终战胜了懒惰拿起手机的时候，已经有十几条短信了。慕天揉了揉眼睛，全都是公孙华发的。慕天无奈地一条一条读着，全都是没有用的短信，直到最后一条："慕天，刚才借着酒劲，那个黄龙跟我抱怨，说这个科技项目是各国政府要在梦里建造一个新世界，但是里面的世界更危险，如果在梦里遭遇不测，将会损害人的神经！"

慕天起初以为公孙华是在故弄玄虚，但是看着连发了几个叹号的短信，觉得公孙华应该不是闹着玩的，因为公孙华平时可是连正经文字都懒得打的人。慕天想了想，如果真如公孙华打探到的，那自己没有被选中倒也挺好，不过他现在每天进入的那个梦，到底是什么呢？跟这个所谓的国家创新项目是同一个吗？慕天心里嘀咕着。但是慕天也清楚，无论他自己怎么想，迄今为止所发生的一切都不是他能决定的。

慕天看了看表，下午已然过去了大半，绝不能浪费这来之不易的没课的下午，他躺在床上，慢慢睡着了。当他睁开眼，他真的在那块巨石面前，周围还没有那几个和他一组的人，可能因为现在还是没到睡觉的时候吧。他走到巨石面前，抚摸着这块坚硬巨大的石头，这感觉就和真实世界中是一样的。他往后退了两步，准备用头撞向巨石，首先看看能不能醒来，其次想看看对现实中的自己会有什么影响。他刚开始助跑，就听到身后一个声音嘲笑地说道："我要是你就不会做这么危险的举动。"

慕天回过头来："眼镜！你怎么在这？"

"虽然你这一组是所有组里面最没有攻击性的，但是我还是得对你们负责，起码不能让你这样的愣头青做傻事！"

"我听到一些传言，所以……"

"所以想试一试看看这里会对现实有什么影响？"

慕天没有回话，只是点了点头。

"那么趁着周围没有人，而我现在心情又不错，那我就和你说说。"眼镜走到慕天身边，两人席地而坐聊了起来。

"如果说你刚才真的撞到了石头，如果你头破血流，那么恭喜你，你的大脑神经肯定受到损伤，多严重嘛，博士还没有研究明白。"

"博士？"

"就是负责建立这个联合梦境的人！"

"我是津大的学生，今天他们选拔什么国家创新项目，您知道这个事吗？"

"又去选拔？选拔出了一帮酒囊饭袋！看来你知道得还不少嘛！"眼镜顿了顿，继续说，"其实像你这样的人本来是永远无法进入梦境的！博士和他们最初的想法是到全国最好的学府和科研机构选拔适合的人选来到这里，但是很不幸的是，很多其他方面很优秀的人，却因为先天原因，无法接收到公司发出的梦境电波，导致联合梦境计划进展缓慢。所以，他们一边还在按照原来的方式选拔适合的人；另外，博士和他们私下沟通，开放了电波的一些限制，本来想让一些有天赋的人来到这里为他们服务，但是没想到许多像你一样不受控制的人也来到了这里。所以有些人便需要清理，不过你倒是很幸运，因为金手觉得你还有潜力，把你留了下来。"

"我之前曾接触过一些人，他们让我来这里找人保护他们！"

"对于那些身体已经离开现实世界，却将自己灵魂永远留在梦境里的人，他们是绝对不允许的，但是这也是永生的一种手段。"

慕天若有所思地想了想："您说的他们是谁啊！"

"是你永远不能知道也不想知道的人！好了，我还有事就不陪你浪费时间了。"说完，眼镜环顾着看四下无人，便迅速地离开了。

五、朋友与敌人

　　慕天若有所思地独自坐在那里，看着周围林立的巨石，觉得前途暗淡。其实这个世界的一点一滴一草一木都和他没有任何瓜葛，最初他也只是想来到这个梦境里享受独处的时光，没想到最初美好的愿望，都随着这残酷现实的显现让慕天厌恶。可是他又能做什么呢？他只是一个普通的学生，纵使有聪明的头脑，没有背景，在现实中举步维艰，没想到连在自己的梦境里也受制于人。曾经自己的梦，现在已经不属于他自己了。无论对于现实还是梦境，他都有些灰心丧气，但是慕天脑子里不断涌现小时候刻苦努力的场景，他告诉自己，如果现在自暴自弃了，那之前所有的努力就都白费了。现在自己要做的也是唯一能做的，就是按部就班地发展自己。他不知哪里来的信心和勇气，把宝押在自己的未来，坚信将来自己无论是在现实中还是在这里，都有自己的一席之地。

　　慕天坐在石板上久久地发呆，一阵眩晕的感觉，慕天从梦境离开了，睡眼朦胧的他听到枕边电话不停地响着。

　　"喂！"慕天还没有从困意中脱离出来。

　　"我公孙华啊！慕天，不要再去那个梦境了，我真是为了你好！"公孙华焦急地说。

"我就算自己不想去，也没法子，现在只要一睡着就会进去！"

"我和他们几个聊天，据说已经有好多人因为这个计划而昏迷不醒了。不就是一个创新项目嘛，将来就业读研出国也不一定非得指着它！"

"那我怎么办？"

"听他们说有一种药丸，能让人远离这个梦境，只是对人的神经系统有轻微的损害，但是总比将来未知的大损害强啊！"

"你没告诉他们我能够进入梦里吧？"慕天谨慎地问。

"你知道，我这酒喝多了有时候会管不住嘴。再说了，你也知道我，紫罗兰长得多漂亮，再加上她身边一起的几个美女，我顿时防线崩溃了，不过我真的只说了你偶尔能进入梦境而已！"

"那就是她们让你告诉我离开梦境的吗？"

"这个……慕天你听我说，其实你离开那儿对你也没什么坏处！……"公孙华还没说完，慕天就挂断了电话。其实慕天想到自己的前途和远在家乡的父亲母亲，本来已经有退出的打算，但是他就是受不了被胁迫的感觉。莫名地，他决定留在这个梦境里一探究竟，就算他只是一个小人物，无足轻重。起码他可以自由地做自己想做的事。

慕天从床上爬起来，打开书本，该复习对将来工作一点儿没有用的课程了。没有用又能怎样呢？将来找工作的时候好成绩是一块敲门砖，而他现在也没有其他的事情可做。

一个小时过去了，怒气未消的他一个字都没有看进去。他合上书本，打开电脑，随意地在网站上浏览新闻。

这个年头，网上到处都是明星的八卦和搞怪新闻，有用的新闻少之又少。慕天百无聊赖地翻看最新的时事新闻，突然屏幕右下角显示有一封新来的邮件。慕天心想，我这个邮箱几百年都没有封正经邮件了，这回肯定又是什么公司的推广活动。他刚想直接删除，又忍不住点开一探究竟，这封信的发件地址一栏竟然为空，正文中只写了一句话"好好干！"落款为"金手"。

慕天脑海里莫名地出现了今早课堂上那个军队领导离开时与他四目相对的画面。"难道是他？"慕天心里想着。正当他发呆的时候，慕天的邮箱又来了一封新邮件。

"杨慕天，没想到你还是很有天赋的，有机会见面聊聊，我们几个人都对你的故事很感兴趣。另：邮箱是公孙华喝醉的时候我从他手机里查到的。"落款是"紫罗兰"。

邮件还抄送了一个看上去很奇怪的邮箱。慕天心里暗自苦笑，这没事的时候，邮箱几个月也没有封邮件，这有事的时候邮件还蛮多的。

慕天还不敢确定那个军人就是金手，毕竟从他到巨石场的情形看，金手管理着几百人，他还需要到梦境里确认一下。而至于紫罗兰，慕天觉得自己光脚不怕穿鞋的，便简单回复了一句"好啊！你定吧！"顺手还去掉了紫罗兰抄送的那个邮箱。

慕天盯着紫罗兰的邮件，暗自庆幸没有将太多的信息告诉公孙华。这公孙华不光爱说大话，连这么点秘密都保守不住。他休息了半晌，准备吃晚饭，然后到外边散散步，让湖边的清风帮他吹散这几天烦闷的思绪。

慕天散了散心，心里觉得舒服了很多。当人不为眼前的事所困扰，跳出来看待事物的时候，心情就会开阔许多。天色已晚，慕天回到宿舍躺在床上，看着公孙华空荡荡的床铺，心知公孙华今天注定又是逍遥自在的一夜。

慕天躺在床上望着窗外的明月，不知是对那似真似幻的梦境有了些许抵触，还是白天睡得太多了，迟迟没有困意。他在床上辗转反侧了一会儿，看了看表，都半夜了，强迫自己赶紧睡觉，以免耽误了明天的课。

合上双眸，睁开双眼，慕天看着眼前的巨石，摸了摸，"这冰冷的感觉真实得有点可怕！"他自言自语道。

这时，他身后也传来一串银铃般的声音："是啊，在这个梦境中体验的疼痛只能比现实中更疼，因为在这个梦境里所有人都不会手下留情。"

慕天回过头，看见紫罗兰等一行人，正在不远处看着他，而小甜和肥仔垂头丧气地被捆在一起，龟强变出了龟壳，正被黄龙他们踩踏着。

慕天倒也并不着急："这里是梦，不是现实，你们在这里占了威风，现实中不如我依旧是不如我！"

本来想惊吓慕天的黄龙见慕天若无其事的神色，气得不停地用力踩着龟强，"你就忍心让他们因为你而受凌辱吗？"

慕天看了看他们，嘴角上扬，不自觉地露出一点现实中从未有过的坏笑。紫罗兰看着眼前的慕天，与现实中和蔼且略显懦弱书生气的他判若两人，说他很酷，不如说有点痞，尤其是这一身黑衣十分合适地套在他瘦瘦的身子上。慕天并没有理会黄龙，他直直地盯着紫罗兰，"请不要让我伤害他们！"

紫罗兰看着镇定的慕天："我不懂你是否了解现在的状况！……"紫罗兰话音未落，慕天如幻影般消失在他们面前，像一个缥缈的影子不断地向黄龙走去，黄龙用自己强壮的右臂，用力一挥，慕天身后的石板都碎了，但是慕天好像是烟雾，飘散了一下又聚集起来。

"你们真是愚昧。"只是一瞬，慕天的手就抓住了黄龙的衣领，把他从地上拽到双脚离地，痛苦不已。

慕天突然觉得自己热得不行，身体里充满了力量，这力量强大到无法控制。就在这时，紫罗兰叫了慕天一声，慕天回头看到了紫罗兰突然闪烁发光的双眼，一下子，慕天周围的环境都变了，他站在一个迷宫中，周围迷宫的墙壁都是自己记忆的片段。但慕天依旧笑着问道："这就是你的本事是吗？"慕天走到一个片段面前，那是他和公孙华第一次见到紫罗兰一行人，他边说边用指甲把这片段狠狠划断，"你们几个永远都无法战胜我，因为你们的精神太脆弱了。"那片段逐渐暗淡失色，最后消失，伴随着坍塌的迷宫。慕天又回到了梦境中，看到了瘫倒在地愤怒痛苦的紫罗兰。

紫罗兰身子变得十分虚弱，但是却推开了周围过来扶她的人，缓了缓口气："我们不是过来打架的，我们只是来看看老朋友。"

"我跟你们很熟吗？"慕天开始慢慢地向那伙人中走去。那一伙人都吓得自动让开了一条道。只见慕天从这条道大模大样地走过去，解开捆绑肥仔和小甜的绳子，把他们从地上拽了起来，回身又走到龟强身边，拍了拍他的壳，"行啦，快点变回来吧，你这装束又不是什么让人羡慕的样子！"

正说着，紫罗兰身后窜出两人向慕天挥拳相向，慕天没有回头，只见凭空又出现了慕天的两只手，分别攥住了那两人的拳头。"你们真是……"慕天这才转过身来，冲着这两人一人一记重拳，打得两人倒地不起。慕天觉得身体发烫，他刚想继续追打，被紫罗兰挡在身前，紫罗兰看着眼前的慕天，用不同以往的佩服的口吻说："你和现实中真的不太一样。"

慕天顺势牵过紫罗兰的右手，吻了下手背："人总是在变的，紫罗兰小姐。"

紫罗兰示意了下黄龙和身边的人，扶起倒在地上的两人离开了。临走时紫罗兰回过头微笑着和慕天说了句："回见！下次可别想这么好运！"

慕天也点头示意了下："回见，你们也是！"

待那群人完全消失，龟强才从他的龟壳里爬出来。小甜和肥仔早就把慕天团团围住，又是拥抱又是庆祝的。

"我说至于吗？"慕天依旧是酷酷的样子。

"你不知道，我们这一组人，向来是每个新人组拿来练手的首选对象，从来都是被欺负无法还手。这还是我们第一次打败别的组呢！"肥仔兴奋得不能自已，他口袋里不停地掉落着各种蛋糕和饼干。小甜更是搂着慕天不松手，"我就知道我男朋友是最棒的！"龟强则是迅速地从地上爬起来抱着慕天的大腿："以后你就是我们大哥了，大哥得罩着我们啊！"

慕天的身子像一缕轻烟消散了，又在不远处成形，望着刚才紫罗兰一伙人消失的方向，打了开了胸前小屁孩儿给他的月瓶，看着从月瓶中显现出的地图，慕天嘴里自言自语地说道："新人组吗？有意思。"

这一晚，肥仔从自己的口袋里拿出了各种美食和美酒，几个人有说有笑地庆祝了一夜。

早上，慕天被闹铃吵醒，他觉得头好痛，完全不像休息了一整夜的状态，仿佛一夜没睡。他急急忙忙地跑向教室，当他经过第一排时，早已坐在那里的紫罗兰面无表情地向慕天打了个招呼。慕天呆呆地回了一句"早"。

慕天看着原本一直拥挤的第一排，今天却空着两个座位，"那两个人是逃课了还是……？"

"托你的福，现在高烧不退，没法来上课了！"紫罗兰依旧是没什么表情，"不过不用担心，休息两天就好。"

"回见。"慕天头也不回地走向最后一排。

紫罗兰回头打量着慕天的背影，眼前浮现昨夜慕天天不怕地不怕的样子，心里想："真不知道你怎么和梦里相差得那么大。难以置信，这个人就是昨夜的杨慕天。"

六、逃离巨石场

　　慕天虽然脸上没有表情，心里却十分担心。但慕天转念又想，毕竟那两个人只是发烧而已，也并无大碍，要是昨天没有控制好情绪，可能后果就严重了。慕天觉得，自己在梦境里那另一种感觉，就像是释放了自己另一面的灵魂，是那样高傲、冷酷、连自己都难以控制的一种疯狂。他开始害怕是否会在释放自我深层灵魂的道路上越走越远，以致最后难以收拾。

　　他正这么想着，自顾自地坐到了老位置上，没有注意到一旁公孙华的存在。公孙华以为慕天还在生他的气，一把拉住慕天不停地道歉："慕天你听我说，我真的不是故意要把你的事告诉给他们的，本来我是你这边的间谍啊。最后不知怎么的我就被策反了，都怪紫罗兰这帮妖精迷了我的心窍！……"

　　慕天被公孙华这么一说，才想起来是公孙华将自己的事泄密给校科技协会那帮人，本来想骂他一顿，但过了昨天一夜，慕天知道他在梦境里的事迟早会被紫罗兰他们知道，便就原谅了公孙华："好啦好啦，没事了。不过也好，你也算是我和他们之间的桥梁，以后真有什么事，还得靠你打圆场呢！"慕天看着正回头恶狠狠盯着他的黄龙，拍了拍身旁的公孙华。

公孙华得到了慕天的原谅，心情大好，和慕天勾肩搭背的："今晚我请你吃饭怎么样，随你挑！"

"你还是免了吧，对别人都那么大方，就对我抠门。干嘛，觉得这次有愧了就请客？你平时欠我的人情多了！"慕天并不领公孙华的情。

公孙华见状，又是装萌又是请罪的，最后才勉强得到了慕天的同意。公孙华又凑到慕天耳边，好像有什么天大的秘密似的："慕天我跟你说，我爸是做生意的你知道吧，他最近接触的人中有一个人给了他一种药物，据说可以尝试一种新科技。你猜怎么着？"

慕天满脸狐疑地看着公孙华："怎么着？"

"据说每晚吃一粒这种药丸，晚上就能进入梦境！"公孙华眼里充满了骄傲和兴奋。

"我说你们家就算有钱，也不能拿自己的命开玩笑吧！"

"我听说啦，昨夜你把校科协那几个呆瓜打败的事。太酷啦！我也得参加！"公孙华眉飞色舞地说，"再说了，我不是有你罩着呢吗！"

"你可得了吧！现实中学习我能罩着你，到了梦里，我可没那么大能力罩着你！你可别玩命了！"

"慕天！"公孙华一下子声色俱厉，板着个脸说，"咱们俩是不是好兄弟！"他语气又突然软了下来，拽着慕天的胳膊，"我都跟我科技协会里的女孩儿夸下海口了，一定能进入梦境给她们看看！"

"一猜你就是这样！"慕天执拗不过公孙华，"好吧，就一次啊，我可不能拿你的小命开玩笑！"

下了课，慕天像往常一样去吃饭，回宿舍看书，公孙华则又不见了身影，估计又是找他那帮狐朋狗友玩耍去了。

慕天躺在宿舍里，看书看累了，像往常一样出去绕着校园散步，校园路边卿卿我我的红男绿女，慕天看也不看地走过去，仿佛他们不存在一样。就像是电视里的广告，插播得多了，就免疫了。

慕天见时候也不早了，就走回了宿舍。推开门，没想到公孙华和几个同学已经坐在宿舍里等慕天了。

"我的天，你们在干嘛？"

"等你啊！"公孙华拉起身边的几个同学，"他们几个啊，我跟他们说后，他们非要来看！我拦都拦不住！"

慕天看着油嘴滑舌的公孙华，转身便走："你要是这样我就不带你玩了！"

公孙华急忙起身拉住慕天："大哥大哥，那你说你要怎么才能带我嘛！"

"让他们走，这是干嘛呀，让一帮人看着咱们睡觉！"慕天十分恼怒，"你怎么还带女同学到咱们宿舍呢！"

公孙华见状，急急忙忙地把其他所有同学都哄出了宿舍："下次啊，下次带你们玩，等明天我跟你们好好讲讲我和慕天是怎么打败千军万马的啊！"

公孙华处理完毕，转过身拽着慕天，慕天瞟了公孙华一眼，鄙视之情溢于言表。慕天顿了顿："我说你这个爱吹牛爱炫耀的毛病什么时候能改一改？还没怎么着呢，就吹上了！"

"这不是跟外面不明真相的无知群众嘛！"

"我可告诉你，梦境里可不是那么好玩的！而且我就带你一次！"

"行啊，先带完这一次再说！"公孙华谄媚地摇着慕天的胳膊。

之后两人各忙各的，慕天倒在床上听着歌，公孙华手机则响个不停，不知在和谁发着短信。一会儿，慕天不知哪来的困意，刚要合上双眼，就被公孙华大叫一声："慕天，记得带上我啊！"公孙华急忙拿出了一个药丸，一口吃了下去。由于慕天和公孙华的床铺是挨着的，公孙华伸手抓住了慕天的手。

"你这是干嘛？"慕天很不自在地问。

"你不懂，这个人体通过微电流可以传输信息，这样我就能进到你的梦里啦！快睡吧，这个药丸有安眠的作用。"

慕天无奈地闭上双眼，很不自在地睡着了。他本以为会出现在他熟悉的那块巨石前，却不想好似被什么东西重重地打了一下，他睁开双眼，他依旧是前些天的那个位置。不同的是，周围的巨石全碎了，好似遭受了毁灭一样。公孙华还真的跟着慕天进入了他的梦乡，公孙华松开拉着慕天的手，看了看四周，用颤抖着的声音问："慕天啊，这是哪啊！怎么这么可怕！"

"我也不知道，这里和之前大相径庭。"

"天呐，太可怕了，我要回去，我不玩了！"公孙华看着周围被烧焦的草木大声喊着。

慕天隐约觉得周围有什么人正悄悄地注视着他们，他一阵虚幻，如烟雾般飘到那个身影后，一把勾住那个人的脖子，"不要动！"慕天说。

这时，被慕天勾住的人不见了，但他却被一个有力的臂膀从后面狠狠勒住："不要动，小朋友！"

"这是什么鬼地方！？"公孙华坐在地上声嘶力竭地号叫着。

"这里是你们告别这里的舞台！"慕天身后的人淡定地说着，语气里充满着兴奋。

慕天想透过眼角的余光打量下身后这个人，但是他戴着面具，只能看到他额头厚厚长长的眉毛，慕天尽量使自己平静下来："我说这位浓眉毛哥哥，咱们俩何怨何仇，让您对我们俩这么有意见？"

"我不认识你们俩，也不想认识你们俩！我要做的，就是在这巨石场中寻找对手，把他们赶出这里，证明我才是最强的人，在最终的决斗中胜出！"

"浓眉毛大哥，首先我们俩谁都没听过你说的什么决斗，其次，你看我们俩谁像能做你对手的模样，像你这样的高手，就算终结了我们俩，那也不露脸不是！"慕天假装平静地说着，他觉得浓眉毛渐渐放松了本来勒紧的手臂。慕天玩命地向坐在地上的公孙华递眼色。

终于，公孙华看到了慕天在那里挤眉弄眼。本来还以为公孙华可能不理解自己意图的慕天提心吊胆，生怕公孙华做出什么让浓眉毛生气的举动来。但令慕天意想不到的是，情商超高的公孙华不仅领会到了慕天的意图，还借题发挥。公孙华从地上站起来，冲着浓眉毛大声说："浓眉毛哥，你杀了我吧！"这弄得浓眉毛一愣。

公孙华接着说："我本身没有天赋来到这里，今天好不容易冒着神经系统受伤的危险来到这里，不想却碰到了绝世高手的你，虽然没有机会再看看这里的风景，但是把我赶出这里的是你这样英俊潇洒武功高强的高人，我无憾！"说着双臂一展，摆出一副任人宰割的模样。

"你们真的是刚来到这？"浓眉毛狐疑地看着慕天，"不过我看你不像啊！"

慕天刚要说话，就被公孙华打断："您可别不信啊，他就是会那么一下，不知道怎么使出来的呢。肯定是你刚才把他吓坏了，他才无意中跑得挺快的，你再让他来一次，他肯定来不了。"公孙华说着走到了浓眉毛身边，把浓眉毛勒住慕天的手臂轻轻拉下来，然后和浓眉毛勾肩搭背的："大哥，你好厉害啊，我认定你是我大哥了，从今以后小弟跟着你混，有你罩着我们俩是我们俩三生有幸啊！"

浓眉毛被公孙华夸得有些飘飘然，放松了警惕："那是，既然二位是第一次进入梦境，我也不是铁石心肠的人，你们就好好转转吧！不过提醒你们，巨石场像我这样的高手还很多！"

"怎么可能！"公孙华拽着浓眉毛不让他走，转身小声对慕天说："酒！"

慕天一愣，心想："这哪来的酒啊！"他四处看看，发现了躲在一块破碎巨石后面的龟壳，他猜测小甜和肥仔肯定也在那，冲着那个方向说："酒！"

话音刚落，两瓶酒就从那块碎石后被扔了过来。

慕天接到酒，手递手把酒交到了公孙华手上。只见公孙华和浓眉毛席地而坐，仿佛多年未见的老朋友把酒言欢。慕天独自一个人徘徊在这熟悉而又陌生的地方。他转过一块满是裂纹的巨石，走到龟强藏身的地方，看见龟强、小甜和肥仔还担惊受怕地躲在那里。慕天拍了拍龟强的龟壳："没事啦，出来吧！和我说说这是怎么一回事。"

龟强还是躲在壳里面不敢出来，肥仔一边吃着蛋糕，一边和慕天小声说："不是他。"

慕天顺着肥仔指的方向看去："你是说这不是那个浓眉毛干的？"

肥仔点了点头。

"那是谁？"慕天有些不解。

这时，只听得一个声音响彻大地："训练开始！"话音刚落，那个浓眉毛突然警觉地从地上站起来，和公孙华简单道别就匆匆离开了。

公孙华走到慕天身边，"莫名其妙！"慕天开始向公孙华一一介绍身边的伙伴。公孙华看到小甜，就不停地和小甜说话，弄得小甜都不好意思了。

肥仔把慕天拉到一旁："我说大哥，我们还是躲起来吧！这里的高手太多了。"

慕天心里虽满是不服，但是暗自琢磨了下："还是先看看情况，要是真碰到了棘手的对手，这梦不就变成噩梦了嘛！"

慕天拍了拍龟强的龟壳："你这么会躲，给个好建议躲到哪里去呗！"

龟强这才从壳里出来，指了指离巨石场不远的一处高坡。由于他们这组被公认是最弱的，所以他们被安排在了巨石场的最边缘，甚至能看到巨石场之外的长满荒草的山丘。他们几个来到这里，周围都是高高的绿草，龟壳和这周围的环境混为一体，难以察觉。而且这里视野也不错，能看到坡下巨石场一角的活动。龟强示意让所有人钻到他的龟壳里去。慕天和公孙华起初并不想，但是随着一阵地动山摇，他们都钻到了龟强的壳下。直到进去之后他们才发现龟强壳里别有洞天。他们好像进入了一栋房子，十分宽敞，他们坐在长长的木桌旁，看着龟壳的入口，外面的情况一清二楚。

"我说你的朋友都是一身的躲避技能啊！"公孙华拿慕天打趣道。

"我之前的巨石场可不是现在这副模样，先看看会发生什么情况吧，新手！"之后慕天便不理会公孙华，一直盯着外面。

不一会儿，他们的视野里出现了一队人，这些人高矮胖瘦各不相同，但是都有一块亮闪闪的臂章。带头的一个满头红发，衬着黑色的制服十分显眼。他们快速地走到废墟一样的巨石旁，红发一个手势，身后的人便开始检查着巨石场最偏远的这块场地。

"等他们走后，我们得抓紧时间离开这里！"小甜有些颤抖着说。

"为什么啊？我才刚到这里玩！"公孙华有些不悦。

"他们会把我们永远赶出这里的！"小甜说着，周围的肥仔和龟强不停地唉声叹气。

慕天没有说话，继续看着那队人。他们看样子是已经检查完毕，所有人都聚集到红发面前。红发环顾四周，最后眼睛突然盯向了龟壳的方向。即使离得非常远，慕天仍觉得那个红发仿佛就在身边，突然一个有体温但是虚幻的身影从慕天面前飞速拂过，站在身后已经被吓傻了的小甜面前："你听着，这是我最后一次放过你，好自为之——妹妹！"然后这个身影迅速后退回去。待慕天重新盯向那队人，他们已经转身走了很远了。

公孙华呆呆地指了指刚才影像出现的地方，慢慢地说："这家伙是你哥哥，看着有点吓人啊！"

"我哥哥从小各方面就特别强，对我也特别好，但是自从他不知为何进入这个梦境，就开始变得和以前不一样了！"小甜哭哭啼啼地说。

慕天走过去安慰小甜："起码他还是放了咱们一马，否则就那伙人，咱们估计这辈子都别想从现实中醒过来了。"慕天从胸前的衣领下拿出月瓶，释放出里面的地图，"小甜，你说咱们要离开，可是咱们要去哪啊？"

所有人聚拢过来，公孙华问道："这瓶子好棒，你从哪里弄到的？"

慕天想了想："一个小朋友给我的，他希望我帮他在这里做点事。我还没有完成。"

小甜观察着地图，看着一片很大还未有图案的部分，估计了很久，"咱们就向这里走，应该有一座小城，那里应该是安全的。因为我第一次进入梦境就是在这里。而且我熟悉那里的地形。"

他们几个人从龟强的龟壳里出来，开始向小甜指引的方向走去，月瓶显现的地图图案也随着他们的行进慢慢散开，展现着他们沿途的地理模样。

走了很久，慕天突然停住了。肥仔边吃边问："大哥，怎么了？"

"我想我们不能再向前走了，因为地图上显示前面是一个大峡谷。"慕天很是疑惑。

"怎么会？我最初就是这么来的啊！"小甜有些不信地凑过来

仔细看了看，但随之也无话可说。

"看样子这里变化得很快嘛！"公孙华无奈地说。

半晌后，他们真的走到了一个大峡谷边。这峡谷深不见底，更宽得望不到对岸。正当他们毫无办法的时候，空中飘来一艘小舟，上面的人戴着大檐帽，向他们打招呼。慕天见状急忙将月瓶盖好，藏回了自己的衣领下。

空中的小舟缓缓落下，落在他们面前。大檐帽放下了船桨，打量着一下慕天他们，笑脸相迎："几位是想要渡过这大峡谷吗？"

肥仔急忙点了点头。那大檐帽接着说："现在这梦境的巨石场发生了天翻地覆的变化，好多人急着逃出去。但是这外面的世界也不是那么好玩的！"

慕天看着那双藏在大檐帽下狡黠的眼睛和他穿着的奇怪的破旧衣服，狐疑地问："你为什么要告诉我们这些，不怕我们不坐你的船了吗？"

大檐帽笑笑说："我可不想你们过去了之后遇到点什么磨难，怪我当初没有告诉你们，做生意要坦诚相待。"

公孙华接过话来："什么生意？"

"你们不会以为我是白白送你们到对面去的吧！"

"我们没有钱，而且这个世界里钱也没有用啊！"慕天反驳道。

"谁说我要钱了，我要你们每个人一块梦的碎片。"

慕天回头看看面露难色的小甜他们，回头小声问他们："喂，什么是梦的碎片？"

小甜说："只有你曾经最美的梦在梦境里才能凝结为一块类似

冰一样晶莹剔透的碎片。但是给他之后，他就能看到你这段梦境，而你却要失去这段梦，再也无法想起了！"

就在这时，慕天已经能隐约地听见后面有一队人正朝这边赶来。大檐帽有点不耐烦："决定了吗？"

"你快点的吧，怎么给你！"公孙华有点惊慌。

只见大檐帽缓缓走到他们每个人跟前，用手轻轻拍打了一下每个人的前额，便从脑后掉出一小块晶莹剔透的碎片。

慕天被拍打时，觉得自己的脑袋嗡的一声，像是所有回忆被掏空一样，瘫倒在地。

"快上船吧！"大檐帽不紧不慢地说。

公孙华第一个跳到船上，冲着大檐帽说："你不上来划船吗？"

大檐帽仔细整理着手中的碎片："这里是梦境，划船还用我吗？"

慕天他们急忙登上船，船便自己悬浮到空中划向对面。地面的景象逐渐模糊，但是慕天还是看到有一队穿着黑色制服的人来到了他们刚离开的悬崖处，站在那个大檐帽面前。带头的一个拿出一个瓶子，那瓶子里装满了亮闪闪的晶体。大檐帽把他手中新拿到的碎片一个个地放到瓶子里，最后回头盯着已经飘远的小舟。

慕天心想："他们是一伙的？"慕天看着正欢呼雀跃的朋友，便也没想那么多，至少他们现在是安全的。

而在刚才的悬崖，那一队人中的一个问着大檐帽："金手老师，这一组人为什么要送出去，就算到了那里也是送死啊。"

金手拿下大檐帽，脱下破旧的衣服，露出金灿灿的手臂："那孩子说不定能给我带来惊喜呢，再说了，多这一组也不是什么麻烦事。把碎片收好，咱们回去了！"

几个人坐着小舟徜徉在大峡谷上空，慕天向下看了一眼，那深不见底的山谷不禁让他打了个寒战。好在一切都过去了，无论如何他们躲开了追兵。大家开始很开心地聊起天来，不过，最后小甜问了句："谁知道这小舟驶向哪里？该怎么停下来？"大家都傻傻地愣在那里。

直到肥仔弱弱地说了句："我怎么觉得它已经快要停下来了？"果不其然，小舟的速度的确是越来越慢了，最后干脆悬浮在了空中。他们已经能隐约看到对面的悬崖了，可是这下该如何是好，他们几个一筹莫展。

公孙华绝望地哭嚷着："我是第一次到梦境，没想到就这么被人玩啦！"

慕天脑筋一转，心想："对呀，这是在梦里啊！梦里有什么不可能的呢？"他闭上双眼，用手当桨在空中划着，想象自己是在水上向前划船。然后他们便在船下听到了哗哗的水声。大家一顿拍手叫好。船离对岸越来越近了，最后靠了岸，大家急忙跳下小舟，空空的小舟漂浮了几秒钟，自己突然就散架了，破碎的木板掉入下方的无底深渊。其他人正心有余悸，唯有公孙华兴奋地坐在地上学着慕天刚才的样子冥想，慕天上前去把他从地上拽起来："你这是干嘛呢？！"

"我在冥想美女呢！"公孙华一脸淡定的模样。

"你能不能想点有用的！"慕天无奈地制止了公孙华的玩闹。

这时，待在一旁的小甜说话了："其实在每个人自己的梦里，我们都是无所不能的，但是在这里，所有人的梦交织在一起形成了这个复杂的梦境，有的人则失去了梦的权利，有的人则在一定的范围内保留了做梦的能力，而有的人则是无所不能，这一切我想都和这梦境的产生有关。"

"是啊，我在我自己的梦里待得好好的，不知为何就突然被拉到了这里。"慕天叹了口气，"不过好在遇到了你们，我觉得非常开心和幸运。"

肥仔和小胖凑过来："谢谢你没有把我们当累赘，之前他们都不愿意和我们在一起，嫌我们没什么能力！"

"不是所有人都想称霸世界的！"慕天笑笑说，"我知道我是个平凡的人，只是希望能做点力所能及而又不枉此生的事。"

公孙华回想起刚才的惊险一幕："我说慕天，你说咱们这个梦是不是做得时间有点长啊，该回去了吧！"

慕天模棱两可地回答公孙华："其实我最近也是被外界打扰才醒来的，像是闹钟叫早啦，你来烦我啦之类的。要是想提前醒，我自己还真没试过。"慕天转过身问着另外几个人："你们几个有法子吗？"

肥仔挠了挠头："我们了解的也是只有在真实世界里才能唤醒梦境里的人。但是我们知道怎么回到这里，就是先环顾四周，然后闭目冥想记住周围的样子，下次你再做梦的时候就可以出现在这里。"

"这样啊，又学到了一招，谢谢啦！"慕天觉得十分有用处。

可是一旁的公孙华急不可耐地说："我现在只想出去，到底怎么出去啊！"公孙华说着靠在了一棵小树下，有些烦躁地折下了几片叶子。慕天和其他几个人看到树上的几条藤蔓缓缓向公孙华靠近。

慕天一边小心地向公孙华走去，一边轻声安慰道："公孙华，我觉得你应该镇定点，不要这么垂头丧气的。"

"我堂堂公孙华，怎么会不镇定。"公孙华继续摘着树叶，身旁的藤蔓越来越近了。公孙华最后索性抓住了一根树枝，就在公孙华准备折断树枝的一瞬，一枝藤蔓迅速抓住公孙华的手，另外一枝拴住了公孙华的脖子，把他拽到了空中。

慕天几个人看得目瞪口呆，只见这棵树缓缓显现出一个高挑女孩儿的形态。

"快松开！"慕天大喊，"你会掐死他的。"

"刚才摘我树女叶子的时候怎么不觉得疼呢？你看我不掐死你！"

"树女，你叫树女是吗？"慕天急忙上前拉住公孙华脖颈处的藤蔓，"我们向你赔不是，他也不知道您是人啊！"

小甜也在一旁帮衬："对啊对啊，没想到您是位如此端庄美丽的女士，这个人对女士最尊重了，您就松开手吧！"

树女听到有人夸奖她，便松开了两枝藤蔓，捂住嘴乐得不行，"小丫头真会说话。"树女回过头用藤蔓指着掉在地上的公孙华："小子，一会儿可学着聪明点，到了这里，不要误打误撞丢了性命！"

公孙华倒在地上连连点头。

七、梦境起源

慕天看着树女，一边惊奇于她的形态，一边邀请她入伙："树女，加入我们吧，我们一起去冒险！"

树女微微一笑，指着不远处的几棵树："我不是嫌弃你们，只是我已经有伙伴了。而我们的其他几个伙伴已经朝前探路走了很久，我们在等待他们回来。所以……"

"我明白了，依旧谢谢你，饶了公孙华的小命。"别过了树女，慕天几个人继续向前走去。

身后的树女对着同伴，捂着嘴略带嘲讽地笑着："他们几个是来送死的吗？"只见几棵大树咯咯地笑出声来。

……

"我们这是要去哪啊！"公孙华走累了，抱怨起来。就在这时，公孙华觉得一阵天旋地转，脑子里回响着震耳欲聋的声响。慕天也同样捂着双耳难以动弹。

小甜赶紧拽起慕天："仔细记住这四周的模样，明晚我们就在这里集合。"慕天急忙环顾了下四周，便合上双眼，待他睁开双眼，只听见公孙华的床铺上传来了正在接电话的声音，"哎呀我跟你说，我刚还在做梦与敌人大杀三百回合呢。梦境里特别有意思，等今天咱们部门开会我给你们几位美女好好讲讲……嗨，我哪有你们说得那么厉害……"公孙华说着便穿上衣服，给了慕天一个手势，就匆匆忙忙地离开寝室了。

慕天又倒在床上，困意还未散去。"一切都变了！"慕天心里想着。他觉得梦里面已经不那么好玩，甚至觉得有种危险在不断向他们靠近，但他无法逃避，因为每一天的晚上他都不得不到梦境中。曾经独自一人的无忧无虑的梦境，虽然已不再有趣，但是如今慕天有了肝胆相照的同伴，也算是他在梦境中坚持的理由了吧。慕天醒了醒神，强迫自己从床上爬起来，开始了一天的赶课生活。

快到中午了，慕天接到紫罗兰的短信，"嗨，中午有空去校园旁的咖啡馆喝一杯吗？明天是周末。"

慕天知道紫罗兰找他绝不止喝咖啡那么简单，但是自己晚上闲来无聊，便答应了。毕竟是见一位女士，慕天在宿舍里找了件自己认为还不错的衣服，仔细拾掇了下自己。公孙华从外面回来，看来是受到了众人的追捧，心里十分愉悦。他看到另一身打扮的慕天，好奇地凑上去："喂，你穿成这样，是去干嘛呀！"

"紫罗兰找我聊聊。"慕天不经意地回答道。

"我们社长！？"公孙华的眼睛里冒着光，"慕天，我也要去。"

"你去干嘛，又没有说邀请你。"

"现在我昨晚梦境里的事迹在社团都传开了，很快就会火遍全校你知道吗？"

"你没把我说出去吧！"

"我为了保护你，只字未提你的出现，全是我公孙大哥的英雄事迹！"

慕天听后，不知是该高兴还是该生气："好啦，你要去也行，反正要是只有我们两人的话也会尴尬。"

"这就对了嘛，你那么闷，我可以帮你缓和气氛啊！我最会逗女孩子开心了！"公孙华也开始打扮自己了。

不过公孙华真的是能说会道，也的确很能逗女孩子开心。本来因为公孙华跟来有些不悦的紫罗兰，慢慢地被公孙华逗得喜笑颜开，一旁的慕天根本插不进话，反而显得有些多余。

但是最后，紫罗兰话锋一转，转向慕天："我听说了公孙华昨夜的英雄事迹，其中的水分我不管，但杨慕天，我知道你们已经离开巨石场了，你们发现了什么吗？"

公孙华眉飞色舞地刚要开口，慕天就抢先回答说："我们什么都没发现。"紫罗兰又回头看了看公孙华，公孙华也低下头来，不敢说话。

"听说公孙华打败了一位梦神是树的女子，是这样吗？"紫罗兰疑惑地问。

"你们知道的真多。"慕天瞪了一眼公孙华，"是啊，公孙华身手非凡，对手落荒而逃。"

"看来你是不准备和我说实话了。"紫罗兰顿了顿，小声说："我找你们来是为了告诉你们，小心一点儿。"

"我们已经很小心了。"慕天看着眼神认真的紫罗兰。

"我是说在这个真实世界里，不是在梦里。本来我们几个就是全校的仇恨对象，我们加入的这个项目，学生们虽然不知道是干什么的，但是总有些人是知道这件事的。"

"他们能怎么样？在校园里动手？"

"我们五个人，一个在梦里受伤了，现在他们家已经聘请了最好的医生在家治疗。而有一个则是在校园路上被人抓走了，现在音讯全无"。

"你怎么肯定他的消失与梦境有关？"

紫罗兰拿出了手机，一个诡异的号码传来短信，内容是："让你们长点教训，年轻的人们。"

"看样子你们要小心了……"慕天心里顿时也莫名地紧张起来。

"我看我们都要小心了。"紫罗兰说着，眼睛盯向了咖啡屋的进口。一个身材高大、穿着破旧皮靴皮衣的人走了进来。他走路很慢，腿还有些跛，满身烟气，也不看慕天他们，就在他们身旁的一张桌子旁坐下了。

那人随便点了一杯烈酒，自顾自地喝了起来。慕天和公孙华逐渐放松了警惕，可是紫罗兰却还是一直盯着那人的一举一动。

过了两分钟，气氛有些尴尬，直到那人开始说起话来。他也不朝慕天他们这边看，边喝酒边说："那个小孩儿今天就能回家了，我们做事有原则，睚眦必报。现在他已经为当初侮辱我们吃了苦头，希望你们还没有很不识趣地报警，报警了也只会让事情更糟。"说完那人便一跛一跛地离开了。

紫罗兰急忙追了过去，可是一出咖啡馆的大门，那人就找不到踪影了。

"那哥们儿谁啊！说话这么霸气！"公孙华说着也跟了上来。

"那天晚上我们组里的人在梦里打败了一组人，其中有一个就是刚才身着破旧大衣的人，我们还为此庆祝了好久，因为这是我们组的第一次胜利。没想到……"紫罗兰有些哽咽。公孙华见状，不停地劝她，紫罗兰抱着公孙华哭泣起来。

慕天也从后面走过来，听到了他们二人的对话，心想："那就是说紫罗兰他们被这伙人在现实中收拾了，可是他们是怎么在现实中找到他们的呢！"而更让慕天疑惑的是，在梦里的模样应该是自己幻想中最好的样子，可是最近遇到的人怎么都这么奇怪。慕天低头琢磨着，却被公孙华拍了一下。慕天看到公孙华一个眼色，便很识趣地默默离开了。

回到宿舍，慕天给公孙华发了个短信："怎么报答我？"

"大恩不言谢！"慕天很快就收到了公孙华的回应。

"你这次还是谢我一下吧！你们家那么有钱有势的，而且你爸爸不是还给你了梦境药丸了吗？你去旁敲侧击问一下你爸爸，看看能不能搞清楚这一切的根源。"

"好的。"

午饭后，下午漫长的课程又开始了，慕天准时出现在课堂里，紫罗兰也是，但是公孙华却不见了平时在最后一排睡觉的踪影。不一会儿，慕天的短信响了，短信的内容让慕天激动得无心听课："今天晚上我们去看看这个梦起源的地方，不过到时候你得听我的。"

下课铃声响起，教室里的学生都一窝蜂似的冲出教室，而紫罗兰他们依旧是围住老师问个不停。慕天被汹涌的人群挤出了教室，看到公孙华西装革履地靠在教室外的墙边。

慕天走过去拍了拍公孙华的肩膀："你别说，人靠衣装，你这一身穿上还真挺帅，就是这啤酒肚……"说着摸了摸公孙华的小肚子。

公孙华把慕天的手摔到了一边："参加这种场合，必须要穿得隆重点，你也快回去换身像样的，车已经在楼下等我们了。"

在路上，慕天问公孙华："咱们这是去哪？"

公孙华得意地和慕天说："到了你就知道了。"

不一会儿，车开到一处偏僻的地方，虽然这里是市中心，但是却不见任何的喧嚣，满是藤蔓的围墙一人多高，围墙内隐约能看见几间破旧的厂房。公孙华带着慕天走到锁着大铁门的入口，把兜里的一张准入证明冲着一旁的摄像头晃了晃，铁门缓缓打开，一位身着军装的守卫示意他们俩进去。

里面的环境和外面看到的一点儿都不一样，到处都充满了现代化的科技气息。工厂内随处可见红外线探头和摄像头，几个机器人士兵在不间断无死角地巡逻。公孙华和慕天被守卫带到了一个身穿白大褂的人的面前，那人很客气地和他们握了握手，瘦小的身材和稀疏的头发是给两人的最初印象，他最后冲着公孙华说："您就是公孙董事长的儿子吧！幸会幸会，我是元博士，这里的负责人。"

公孙华一反往日散漫的状态，两手背在身后，装模作样地和元博士打着招呼，像视察一样环顾这四周。

元博士在身旁一个不起眼的树后按了下指纹，他们面前就出现了一条没有红外监控的道路。在元博士的引领下，两人进入了第一间屋子。在第一间屋子里，他们在博士的要求下换上了白大褂，戴好了头盔。公孙华问道："这里面用得到戴头盔吗？"

"这你就有所不知了，这样是为了防止你被强制带入到梦境中。那样的话，你就和实验员一样了。"元博士边笑边说，监督公孙和慕天穿戴整齐后，又在另一扇门旁刷了指纹。

他们面前的电动门打开，里面一片灯火辉煌的景象真让公孙华和慕天震惊。许许多多穿戴着白大褂的研究者不停地记录着数据。在众多的玻璃房间里面，能看到许多人在里面睡眠，而一旁的显示器则反映着他们在梦中的一举一动。

"这里有多大呀！？"公孙华问了问在前面引路的元博士。

元博士笑道："这是一家废弃的军工厂，我们被授权在这里进行实验，现在已经能进行实验项目的推广了。"

慕天指了指走廊尽头处一扇用铁链拴死的小门："元博士，那门为什么要拴死啊？"

元博士脸色一下严肃起来："小朋友，那后面，就是这一切的来源，但是我觉得能走进那门后的人还是越少越好。"博士转过头来笑脸相迎公孙华，"对了公孙公子，希望你父亲能多多投资我们的项目。虽然这个项目可能您父亲没法投资，但是我们手头还有一些其他的项目，如果投产也是令人瞩目的！"

公孙华彰显着贵族公子的气质："你放心吧，我肯定会劝我父亲投资你们相关项目的！"公孙华看出慕天对那扇门后东西的好奇，眼睛一转，把元博士搂过来，窃窃私语了一下。元博士有些为难地看着公孙华，把慕天也聚拢过来："你们过来，我小声和你们说，不是我不让你们进，是因为那里就不能进，你见过哪个高压电磁波发射塔能让人靠近的呀，我们这里经过隔离还有很小的辐射呢，那里呀进不得！"

元博士带着公孙华和慕天走进一部电梯，这电梯先是向下，后是平动走了好久。又到了一个戒备更加森严的地方。电梯门打开，是一条狭小的走廊，他们一边走，感觉有无数的电子设备在随着他们的移动而转动，一直瞄着他们。

"这些是什么？"公孙华很好奇。

"这些是电子枪，可以这么说吧，如果咱们三个里没有一个像我这样被录入记录的科研人员的话，估计咱们一出电梯就一命呜呼了。"博士自豪地讲着。

到了门前，扫描枪自动扫描博士的脸，门开了，里面是一座更大的工厂。这里乍一看像是家医院，有科研人员也有各式各样的病人。通过每个病人的显示器，可以看见他们在梦中自由玩耍的场景。元博士指着几个残疾的孩子："你看他们，人生并未眷顾他们，但是他们在我们编织的梦境里，可以永远远离病痛，这就是我们这个项目的初衷。"

"博士你好棒，这真的是在为人们造福。"慕天说。

元博士不好意思地弄了弄自己本就不多的凌乱的头发："哪里哪里，你们也发现了，这里虽然很难进入，但是却并不像刚才第一工厂那样有士兵把守，因为这个项目还没有得到国家投资，我把它建在这里，是想借着第一工厂的守卫保护这里。"博士对着公孙华讲，"像你父亲就可以投资我们的这个项目，现阶段由于没有投资，我们还只能给富人做这项服务。"

在工厂的不远处，有许多熟睡的人，慕天很好奇地盯着那里。元博士顺着慕天看过去的方向："那些人有的是在战争中牺牲的士兵，有的是一些故去的富人。只要那台机器不停止运转，他们在梦境中就能得到永生。"博士摇摇头："不过最近各个国家都在争这梦境的统治权，现在他们其实应该已经不允许再待在梦中了，可是我不忍心停下他们的机器。"

在博士的引领下，公孙华和慕天小心翼翼地走过那些人身边。或许是觉得与公孙华和慕天聊得很开心，博士带他们走向自己的办公室。说是办公室，但是博士拿钥匙打开门，里面却是另一部电梯。这电梯又是先下降再平动。这里没有安保，令人意外的是，同样也没有任何研究人员。

"博士，这里是？"公孙华觉得有些阴森恐怖。

但是博士倒是很轻松："这里是第三间工厂，是属于我自己的实验室。公孙公子还有你的这位朋友，我将向你们介绍我最新发现的一种东西，它叫反物质。"博士说着，指着一个巨大玻璃墙的里面。

博士大喊了一声："儿子，出来，给客人演示一下咱们的研究成果——反物质。"

一个六七岁大的小孩儿从最里面的一个房间睡眼惺忪地跑了出来。这个小孩儿也没有理睬公孙华和慕天，径直躺到了一个实验台上继续睡觉。

"这孩子没礼貌，都是我没教育好，你们别见怪。"博士有些不好意思。他启动了身旁的一个设备，只见玻璃幕墙后本来松散的一堆白色物质，逐渐形成了博士儿子的模样，这个现实中的映像和显示器显示的小孩儿梦境中的动作形态都是一样的。

博士自豪地关掉了设备，小孩儿却在继续睡觉。博士跟公孙华和慕天说："你们看，梦与现实的完美结合。"

公孙华和慕天看着这一切，感觉着科技的神奇。

元博士腰上的对讲机指示灯突然亮了起来，他急忙比画着让公孙华和慕天安静下来，他也迅速地切断了实验室的所有电源。"喂，长官！"元博士开始了通话，"好的好的，我最近肚子不舒服，不知道吃到了什么东西，在厕所呢。我马上过来。"对话完毕。元博士十分不好意思地挠了挠头，"最近还真是忙啊！"

元博士晃醒了睡觉的儿子："小宝，起床啦！带着这两位哥哥从后门出去。"小宝从床上懒懒地爬起来，自顾自往前走着。

"实在是不好意思，不过我能给你们看的都给你们看了，很高兴认识你们，尤其是公孙公子！小宝会带你们从后门出去，我有事先走了！"元博士边说边合上了第三工厂的门，走开了。

公孙华和慕天跟着小宝走进了工厂后面的一扇门，里面是一个封闭的向上的楼梯间。小宝带着他们爬到了楼梯顶的墙壁处，一推墙壁，墙便旋转开，露出了一道门，他们走出了这扇门，来到了一间书房。小宝并没有跟出来，用稚嫩的口吻说了一句："记得出门时从外面把门关上。"说着旋转门就又关上了。

"这设计也太炫了。"公孙华看着身后的旋转门迅速合上。

慕天在这宽敞的大书房里踱步，他看着这一面墙的书籍，心中对元博士的崇敬之情溢于言表："这个年头还有人能够收集这么多书，真难得。"

"他是搞技术的，可不就要多看书！"公孙华有点不屑。"像我们这种经商的，练的都是情商。"

慕天没有理会公孙华，这高到房顶的书架上都是些看上去很古老破旧的书，但是只有在一个书架上的一层中看到的都是全新的而且是一模一样的书。慕天环顾四周，看到没有监控，就拿下了一本，书名叫《梦神的诞生》。慕天翻开了第一页，上面夹着个小条，"这里记载着我对梦的理解，翻开这书的人，你要是喜欢就拿走吧！"

"快走吧，咱们的车到了。"原来公孙华已经走出了门外，接他们的车已经到门外来接他们了。

慕天拿着手中的书就离开了，走出书房，穿过大厅，最后合上了房门。他仰头看了看这房子，就建在工厂的身后，身旁还有一排同样的住宅，毫不起眼。慕天上了车，拍了拍公孙华的肩膀："没想到你还真有能耐，这次能了解这么多，多亏了你！"

公孙华第一次受到慕天如此的夸奖，二郎腿一翘，装模作样地说："怎么样，多亏了哥吧！跟你说，哥不只是平时说大话吹牛的，咱们能有这次的体验，那都是因为我……有一个很牛的老爸！"

"你还真诚实！"慕天笑道。

"我不否认这一点，但是将来我会比我老爸更厉害。"

"这一点我深表怀疑！"

"无所谓啊，我也就是说说，我这一辈子就算是无所事事，起码衣食无忧是没问题的。"

"没想到你这么快就放弃了你的意愿了！"

公孙华和慕天有说有笑地踏上了回学校的路程。

回到宿舍里，公孙华难得没有约会，拿出电脑玩着游戏。慕天躺在床上，若有所思地说："你说紫罗兰他们知道元博士他们研究的这个东西吗？"

"你真的觉得他们那些狐朋狗友的父母有我爸那么有钱吗？"

公孙华不屑一顾地说。

"没想到你们家这么有影响力啊！那你怎么还在国内念书？而且你也不像新闻报道中的那种富二代啊！"

"其实啊，天下有钱有势的人多了，碰巧我们家接触到了这个项目。也许紫罗兰他们那伙人家庭背景真的很厉害也不一定。只是碰巧没有接触到罢了。你看人家学校里什么好事都能拿到手里，那说明在这方面人家的势力比我们家强。"

"原来如此，你们这种家庭我们这种普通人理解不了。"

"同样啊，你们这种普通家庭我们这种富人也理解不了。"

……

聊着聊着，公孙华手机突然响了，他拿起电话，不耐烦地听了听，最后回答了句："好的，知道了。"就挂断了电话。

"怎么了？又是学妹相约？"

"我妈妈让我去和她朋友一起吃个饭。"

"那你晚上还回来吗？我是说今天你不想再去玩玩了？"

"今天就算了吧，首先我觉得这就是个游戏，其次，梦里面太危险了，容易伤到我英俊的脸庞！"说着公孙华照着镜子梳了梳头，就离开了。

慕天在床上懒着，心里面不停地琢磨："这真的是游戏吗？从原理上来看是的，但是却比游戏危险多了……元博士第三工厂里的东西看样子已经快成型了，总觉得怪怪的……"

慕天从床上爬起来，开始到校园网上看看最近学校里有趣的事。置顶的信息大都是些各种交友和心灵鸡汤的东西。在最后一行，他看见了一个招聘会的宣讲，闲来无事，慕天收拾收拾准备去参加。吃完晚饭，慕天准时到达了宣讲会的现场。一个多小时过去了，宣讲会不是那个公司的代表吹牛的讲话，就是各种企业的宣传，很是无聊。慕天没有听完就跑了出来，但是他只听进心里去一条，就是企业招聘时候会参考一个"世界语"的社会考试成绩，这个成绩越好，被录取的概率越大。

慕天赶忙回到宿舍，上网查了查，发现真的有很多企业招聘时会参考这个考试成绩。于是，慕天从网上订了世界语教程，也一激动报名了世界语的考试。

天色已晚，慕天看了看明天的课程表，准备睡觉了。破旧的宿舍里十分炎热，慕天辗转反侧了好久才睡着。

合上双眸，睁开双眼，慕天站在昨晚与伙伴们别离的地方。这时，从身后的一块石头后面，传来了肥仔的叫喊声："你可算来啦，现在就我一个人到了，另外两个人还没到呢，咱们躲在这等会他们吧！"慕天倒也不着急，就也躲在石头后面，边和肥仔聊天边吃他变出来的美食，一边等待着另外两人。

八、梦里的新征程

不一会儿，另外两个人也先后来到了他们昨夜分离的地点。大家很开心地躲在石头后面，聚在一起。

小甜四下里看了看："你的那位爱逞能的朋友呢？"

慕天笑了笑："今晚他们家有饭局，就不来了，而且以后来不来还不好说呢。"

几句寒暄，慕天拿出月瓶，参考了下月瓶的地图，大家开始在小甜的带领下向前出发。一路上都是荒芜的平原，偶尔有几个人出现，也和他们井水不犯河水，相安无事。

"还有多久才能到啊！"肥仔边吃边说。

"还远着呢！你们快点走啊！"小甜兴奋地向前走着。

"要不然让慕天先去看一眼吧，他走得快！"龟强的步伐越来越慢了。

见状，慕天就示意大家在一棵大树下休息，自己先去看看情况。按照小甜的说法，一直向前走，会看到一个祥和的小村庄，那里风景如画。慕天没有多想，感觉身边拂过一阵清风，自己的身体消散在空中，如烟雾般迅速地向前。过了一阵，慕天在一堆残垣断壁前停了下来。慕天走进这堆废墟，依稀能看出当初这里人丁兴旺的影子。可是现在，大部分的房屋都坍塌了，只剩残破的围墙，曾经的道路现在已是杂草丛生。

"怎么会这样？这里不应该是祥和的梦境村庄吗？除非……"慕天思考着，不知一会儿怎么跟小甜描述他所看到的一切。慕天沿着废墟向前走，在村庄中央发现一大片空地，这里清理得很干净，竖立着各种各样的门，有的门已经用锁锁住，有的门则是半掩着。门的质地雕花各不相同，但是都与普通的门没有任何区别。慕天推开了一扇半掩着的门，里面竟然有一个小女孩儿，在鲜花丛中荡秋千。当她看到了慕天，便大哭起来，她脚边的一只一人多高的黑色猎犬迅速朝着慕天冲过来。慕天情急之下只好立刻合上大门，"咚"的一声，慕天感受到了猎犬撞到大门的声音。

慕天抬起头，看着这片壮观的"门海"，通过刚才的经历，他明白了，这每一扇门的后面，都是一个人的梦。在他身旁，有的门突然显现，有的门渐渐消失，像是一个不停变化的时空，但是其实慕天心里清楚，这里的每一处变化，不过是元博士的机器里变化的程序。而这些门应该就是与普通人梦境的接入点。

慕天觉得出来得太久了，就赶了回去。等得不耐烦的小甜看到慕天，急忙冲过来："他们还好吗？他们还记得我吗？"

慕天看着小甜期待的眼神，无法回答。小甜渐渐收起了笑容，捂面哭泣起来："我就知道，那些人不会放过他们，不过我还期待着他们能够逃脱。"肥仔和龟强也走过来安慰着小甜。

"我觉得我们还是应该向前走！"慕天坚定地说，"那里有神奇的东西，我想你们应该也看一看。也许那里真的是我们安全的避难所。"说完，他们一行人继续向前走去。

过了许久，小甜远远地看到了早已损毁的村庄。"我觉得我回到这里就是个错误，我们走吧。"小甜哽咽着。

"你难道就不想知道这个村庄为什么被破坏吗？"跟随着慕天的脚步，他们几个人来到了村子中央的空地，"你们看，这片空地上林立的门，我估计，就是因为这村庄的土地与这些门冲突了，所以才会被损毁。"

小甜几个人看着面前颇为壮观的门海，惊讶得说不出话来。"这些门是做什么用的？"

慕天推开了一扇门，门里面一个中年人坐在格子间里不停地工作着，满面疲态。慕天又推开一扇门，门里面有位运动员在挥汗如雨地训练着。"你们看，这每扇门里面是一个人的梦。"慕天悄悄地合上门，"我一直在想，这些人为什么没有像咱们一样进入梦境？"

肥仔回答说："我记得曾经有人和我说，能进入梦境的人，都是被这梦境选中的人，而没有被梦境选中的人，来到这里都会被驱逐。"

慕天虽然心里明白这一切都不过是元博士设计的一部分，但是却并没有反驳。他再一次仔细观察着这些门，每扇门的门楣上，都写着这个人的编号和姓名。慕天开始想象把这些人都连接到梦境时的模样：所有人都有了第二种人生，而生命也会得到一种虚拟的永生。

他们正聊着，机警的龟强觉察到了远处传来的整齐的脚步声。"快躲起来"龟强低声说着。

"往哪躲啊，这些门不知道什么时候就消失了。"小甜手足无措。

　　"那咱们就冒一把险！"慕天说着，远处的一行人已经加快脚步往这边跑来。慕天随手打开了一扇虚掩的门，和其他几人一起躲了进去。这个梦境里，一个年轻的女孩儿正在一棵大树下的长椅子上看书，脚下的一只小狗围着她不停地转来转去。

　　"不好，那个狗狗可能会攻击我们！"慕天小声嘀咕。这时，旁边的几个人已经呆傻得不知所措。只见门外的一行人身穿着类似警卫的制服，从门前走过，时不时地朝虚掩的门里瞧上一眼。慕天几个人躲在门后，惊险地躲过了这些警卫的巡查。

　　就在慕天几个人松了口气时，慕天才想起自己没有注意观察女孩儿那边的动向。他只觉得有个柔软的小东西擦过了他的裤脚。他低下头，看到那只小狗正摇着尾巴看着慕天，汪汪地叫了几声，好像很喜欢慕天。慕天抬头看着不远处，女孩笑着眯起了眼睛，对他们几个说："你们好！"

　　慕天几个人走过一片草坪来到女孩儿身边，也向她打着招呼。"你不怕我们吗？万一我们是坏人什么的？"肥仔问。女孩儿扑哧一下乐了出来："哪有坏人自己说自己是坏人的？我叫可心，你们是？"

　　肥仔介绍着："我叫肥仔，能变吃的，这是龟强，这是小甜，这位是我们的老大，杨慕天。"

　　"你们还有老大？看来你们还真不是什么好人？"可心打趣着说。

　　可心的世界里响起了美妙的闹铃声，她合上书："好了，我也该醒了。你们也该回到你们的世界里去了。拜拜。"

慕天一行人出了可心的门，慕天还时不时地回头望着。

小甜看着慕天恋恋不舍的眼神，有点醋意地说："行啦，至于吗？她有我好看吗？对我怎么不见你这么不舍呢？"

慕天害羞地摇了摇头。

肥仔依旧是边吃边问："咱们现在要怎么办？"

慕天看到远处的废墟里有一栋还算完整的房子，就带着大家走进房子里，里面的家具已经落满了灰尘。几个人擦了擦大厅里的椅子，围坐在一起。慕天发挥领袖的气场："我觉得咱们与其毫无目的地四处逃窜，还不如就把这里作为根据地，每次向周围不同的方向探索。你们也看到了，这周围那群不知是何来头的卫兵，看着可不友善。最重要的是，我现在并不知道这梦境与现实有着怎样的联系。在我弄清楚之前，咱们还是小心为好。"

龟强第一个举手同意："我完全赞成！咱们就在这里每晚派对，多好，干嘛打打杀杀的。"

肥仔也点了点头。看到有点忧郁的小甜，慕天对她说："你想找到之前的朋友，首先也要保证不失去现在的朋友吧？"小甜点了点头。

几个人欢呼了一阵，开始收拾着这屋子，不一会儿，房子的一楼已经俨然有了许多生活气息。几个人围坐在大厅，肥仔在他所能见到的盘子上都放满了食物。大家分享着自己的生活，开着玩笑，时间过得很快。慕天合十双眼前，望着那扇门，微笑着醒来了。

一连几天，慕天平时白天上课，周末宅在宿舍里复习着世界语考试。在夜里，慕天和朋友们各自分享着一天的所见所闻，他们在这个小世界里大声发泄着真实世界里的情绪，谈论着对梦境中新世界的向往。

那一天慕天早上醒来，听到了公孙华那边传来笔纸间摩挲的声音。他从床上爬起来，看着正在抄作业的公孙华："你还真是用功。这几天干吗去了？"

"前两天有的课收作业了，你怎么也不告诉我一声？"公孙华急急忙忙地说。

"打你电话不接，发短信你不回。我还能有什么办法？"

"所以我现在只好把之前的作业都补上，今天交上去。编个什么理由好呢？就说我前两天生病了吧。"

新的一天开始了，慕天盯着黑板，公孙华努力睡觉。下课铃声响，慕天忙着回宿舍，公孙华忙着约会。而本该坐在第一排缠着老师的紫罗兰一伙人，正巧也赶着出来，与慕天撞了个正着。

"你们不是要去问问题吗？"慕天有些不解。

"黄龙昨天住院了！"紫罗兰的回答毫无力气。

"你们这几天还好吧？"

"不太好，尤其是昨天晚上。当我们穿过峡谷前往央河源头的时候，我们看到了一伙人，他们见到我们，不由分说就对我们进行了袭击。"

"没有目的就袭击你们？你们是不是惹了什么人？"

"我们的任务就是，迎战所有遇到的人，直到任务发布人宣布停止，或者安全到达央河源头。"

"让你们自相残杀？我们怎么没接到通知？"

"哼，你们组那么弱，现在还存在就是个奇迹了。你们难道不知道现在发生了什么吗？我们被赶到了巨石场外，更加接近梦境的中心了，现在梦境里有所有曾经在巨石场训练的人，也有各种能够进入梦境的人，太可怕了！"紫罗兰说话间，被身旁的人召唤着，抹了下眼泪，就急忙走了。听着她们的交流，应该是去医院看望黄龙去了。

慕天心里想，多侥幸他们躲到了一个安全的地方。

可能是听闻了梦境里的可怕，公孙华一连几天再也没要求慕天带他进入梦境。而这几晚，慕天和另外三个小伙伴在房间里十分快活，吃喝玩乐，一扫现实中的种种烦恼。

又一晚，几个小伙伴陆陆续续出现在梦境的小屋，肥仔急着拿出各式各样的美食，龟强急着装扮着房间，小甜和慕天则在打扫着房间，准备迎接这新一天的派对。一切准备完毕，慕天向外面小心翼翼地观察了一会儿，拉上了房子所有的窗帘，以防之前的巡逻人发现他们。

四个人围坐在一起，一边品尝着美食，一边谈论着最近听说的关于梦境的新闻。慕天首先说："我们学校的项目队伍今天又有人住院了，也不知道是什么毛病，问他们他们只说接到了任务要去央河源头，还要消灭其他队伍，莫名其妙。五个人现在只剩下两个人了。"

肥仔接过话来："你们知道吗？我听说这个梦境只是一个雏形，他们好像正在不停地修改梦境。而且有的区域已经改为军队的训练场了。我看我们还是躲在这里最好最安全了。"

龟强看着肥仔："躲着！躲着！怎么抢了我的台词了？虽然听着有一点儿怂，但是我完全同意你的观点。"

小甜大口地吃着蛋糕，也不理会别人，轮到她了，她喝了口水才说了一句："我觉得梦境真的不错，不仅可以品尝美食，而且无论怎么吃，都不会胖。"

几个人哈哈大笑了一下。慕天起身把窗帘拉开一点儿缝隙，望了望窗外。小甜略有醋意地说："某人又想起那远方的姑娘了吧！"

龟强和肥仔起着哄。不过肥仔对小甜说："小甜，我记得你不是有个男朋友了吗？怎么还……！"

还没等肥仔说完，小甜奋起反击："怎么啦！在梦境里还不能吃着碗里的看着锅里的啦！"

龟强笑着说："你们俩就别吵了，既然小甜已经名花有主，咱们就满足下慕天的愿望吧。在这里躲了好几天，也该出去走走了。"

慕天得到了大家的支持，兴高采烈地奔向了可心的那扇门。他们轻轻地推开门，门里面可心和她的小狗正躺在草坪上，应该是正在小憩，好不惬意。肥仔刚要进去，被慕天一把拦住，"让她好好休息吧。"说着和几个人就合上门，往回走去。

铩羽而归的肥仔百无聊赖地伸着懒腰："真无趣，都已经在梦里了，可心还睡觉。今天本以为能一起玩的，看来是无聊的一夜了。"

回到他们的小房门前，慕天突然站在那里不动了："我想今夜我们可能不会无聊了。"几个人凑过来，在房门的门缝处，夹着一个信封，信封上写着："邀请函"。

慕天打开信封，抽出里面的信纸，念了起来："尊敬的各位，找你们找得好辛苦，想必这几日已经得到了很好的休息，现在请前往央河的源头，消灭你们遇到的所有对手，如果你心存仁慈，那么你们将会被对手消灭。祝你们旅途愉快。"

"这是什么意思？"小甜有点疑惑。

慕天打开门，门后早已不是他们栖息的小屋，而是一片刚刚被毁坏的废墟。"我想我们的冒险要开始了。"慕天把信封里的五枚徽章倒出来，发给了每个人一个。看着这多余出来的徽章，慕天有些疑惑，可能是他们发现了公孙华吧。慕天把自己的徽章系在衣领，看着焦虑的另外三个人，笑了笑，拿出了月瓶，示意大家跟他向前走去。

小甜弱弱地问了一句："慕天，你真的知道咱们该往哪里走吗？"

慕天有些迟疑地回答说："其实我也是凭着感觉走。总之这个地方不能再待了。"慕天悄悄在地图上将这个小村庄画了个圈，他知道他还会常来这里，因为这里有那扇门。

他们几个人走着，没有走多久，慕天就感觉到自己将要苏醒，"咱们今天就走到这里，明天不见不散啊！"几个人简单地道别，慕天急忙记忆下周围的场景，便睁开双眼。

这几天因为公孙华不在，慕天难得有清净的机会，在课余时间复习着世界语，已经到了可以参加考试的水平，他对周末的考试很有信心。慕天觉得许久没见到公孙华了，便给公孙华发了条短信，刚发送完就听到了寝室门外公孙华的脚步声。为什么这么肯定是公孙华，因为只有公孙华能震得地板都颤动，他每次这样都是醉酒的时候，半是清醒半是糊涂，走直线都困难。砰的一声，寝室门开了，公孙华一屁股坐在椅子上，冲着慕天说着酒话："慕天，担心我了吧！我告诉你，我已经是科技协会的主席了！"

"就你，还没醒酒呢！"慕天也不搭理他，自顾自地收拾着书包要去上课。

"我没骗你！"说着，公孙华走到慕天面前，把自己口袋里的钱包、手机都一股脑儿地摔在慕天桌子上，"我要是骗你，这些都是你的。"

慕天把钱包手机放回了公孙华的口袋："行啦，我信啦还不行，说说怎么回事吧！"

"我跟你说，黄龙住院了，紫罗兰主动放弃那个项目了，领导们很生气，撤了她的职。而我平日里跟学生会老师喝酒不是白喝的。现在我正式宣布，我，公孙华，就是新任的校科技协会主席。"

"哎，现在这些社团还能有好嘛！"慕天心想着。收拾好书包，慕天准备出门："喂，你还跟我去上课吗？"

没有回音，慕天回头一看，公孙华早已躺到床上睡了，呼噜震天响。慕天摇了摇头，关上了门。

到了晚上，寝室里又不见了公孙华的踪影，慕天继续为周末的世界语考试复习了。

夜里，慕天在梦境中与朋友们会合，沿着地图上显示得并不全的央河河岸不停地走着。几个人担惊受怕，小心翼翼，一晚上走不了多少路，但是好在从来没遇到什么敌人。时不时地，趁着大家休息的时间，慕天会用自己的能力回到可心的门前，打开门向里面远远看着。

九、可心

　　本以为会遇到重重困难的慕天几个人，却在梦境探索的路上一路坦途，不仅没有遇到任何敌人的袭击，甚至连个人影都没有。但几个人还是小心翼翼，因为他们最近在现实中听到的关于脑神经的病患越来越多了，报道大多说是由于某种未探明的原因，但是在梦境里的人都明白，梦境里的伤害真的会损伤脑组织。

　　夜里小心行军，白天慕天趁着课余努力复习。到了周末，慕天自信满满地走到考场外候考。由于考场并不在自己的学校，所以他到得很早，慕天百无聊赖地绕着周围的花坛转着，突然在一片花坛的台阶上，他看到一个熟悉的身影。他揉了揉眼睛，肯定是自己眼花了。他悄悄地凑上前去，那个女孩儿斜挎着一个小包，拿着琴谱仔细地翻看着。"还真的是她！"慕天心里一阵小激动，"原来可心也来参加这个考试了。要是能在真实世界里认识她就好了。"可是慕天翻来覆去地琢磨了很久，始终不敢上前打招呼，最后还是觉得考完试再说吧。

　　凭着慕天的本事，考试小菜一碟，他提前交卷就结束了考试。走出考场外，慕天懊恼着考试前没有去和可心说话。正当他慢慢踱步的时候，他看到正前方那个再熟悉不过的婀娜身影，只是这次可心不知为何，在那里东张西望地犹豫不决。

慕天虽然心里十分紧张，但是羞涩的他仍低着头径直朝前走着，连走过可心身边时也没敢抬头。这次可心先开了口："同学，你知道怎么从这里到正门吗？我可能迷路了！"原来可心全然不记得慕天。

慕天倒是很意外，但同时也很开心，他有点磕巴地说："我我知道，顺着这条路走就到了。"

可心有点不信："可是我分明觉得是沿着旁边这条路走啊！"

慕天看着路痴的可心，心里的紧张缓和了许多："我跟你说，相信我没错的。"便引着可心沿着这条路一直向前走。

天气很热，而这条路也很长，两个年轻人就聊了起来。

"你是哪里人？在哪里上学？"可心好奇地问，眨巴着水汪汪的大眼睛。

慕天脸有点发烫："我是北城人，现在在津大读书。"

"津大的呀，那你好厉害的！"

"我这还是当初没有考好，觉得也就还好吧。"

"你看你书呆子的样子，看书都看傻啦！"可心十分调皮地说。

"那也比你这路痴强啊，要不是我，你又要走回到考场了。"慕天反驳道，可心努了努嘴。

两人有说有笑地聊着，很快就来到正门。两人又因为顺路一起打车，在车上可心拿出手机，两人便没有再说话。慕天先到了学校，自觉地多放了点钱给司机，临下车的时候，他终于鼓足勇气问了句："同学，你的网络ID可以告诉我吗？"

"我叫可心。"

听到了可心的回答，慕天就下车了。下车后他又开始不停地懊恼为什么自己不直接要来可心的电话号码。不过因为考得不错，慕天仍是心情不错地向宿舍走着。

晚上，慕天依旧是一个人在宿舍，闲得无聊，便开始在网上尝试着寻找可心的个人主页。但是一搜索，慕天心里顿时凉了半截，原来有这么多叫可心的姑娘，满满的几百页结果。他开始在茫茫人海里寻找着，并不抱太大希望。现在女孩子的照片哪里是这么好认的，更何况还有这么多，大概翻到三十多页的时候，慕天突然发现一个女孩子的昵称里不仅用中文写着 "可心"，而且还用世界语写了一遍"可心"。慕天又仔细看了看照片，应该不会有错。他马上加了可心好友，期待着自己真的有这么幸运。

过一会儿，电脑一声提醒，对方同意了慕天的请求，而且还主动和慕天聊了起来："这么多叫可心的女孩儿，你是怎么找到我的？"

"我看到只有你的ID后面也用世界语写着可心。"

"聪明。"

"在车上看你一直在忙着，也没机会和你聊很久。这回可以经常和你聊天啦！"

"好啊！"

第一次聊天，慕天和可心都十分客气。可心有一阵回复很慢，慕天忍不住问："你手头还在忙其他事吗？"

"没有啊，我在看你以前写的文章。写得真棒。"

这下慕天才突然想起来，自己以前总是写一些偶尔搞笑、偶尔文艺的随笔发表在自己的主页上。

"不好意思，让你见笑了，那都是我瞎写的。"

"没有啊，我觉得写得很有趣，我很喜欢！"

两个人聊到了很晚，慕天发现原来可心是一个很有趣爽朗的女孩儿，两个人聊得很投缘。慕天一看表，劝说可心该睡觉了，太晚了。可心回复了个笑脸，两个人互道晚安就都下线了。

慕天还沉浸在莫名的喜悦中难以自拔，身后却传来了一个声音，吓了慕天一跳。

"我说你傻不傻，夜晚正是女孩子空虚寂寞的时候，你怎么会让她就这么睡了？"原来是公孙华已经回到了寝室，看到慕天对着屏幕傻笑，就凑过来一探究竟。而心花怒放的慕天根本没有注意到公孙华站在自己身后，被公孙华吓了一跳。随后，公孙华开始像资深专家一样教育起慕天该怎么追女孩子。可是慕天并不买账："好啦好啦，你那种招数对我不适用。"说完就推开公孙华。

公孙华似乎很不服气，继续不停地对慕天唠叨。最后慕天拿出了自己这几天的作业，公孙华一下子闭嘴了，恭恭敬敬地把作业接过去，"我不说了，作业还是最重要的。"

十、凌

晚上，公孙华和慕天各自躺在自己的床上，刚开始还一起聊聊天，很快慕天便昏昏欲睡，公孙华则拿出手机，和一群女同学手机聊天忙得不亦乐乎。

慕天回到梦境里。看到慕天，小甜从后面重重拍了慕天一下，慕天痛得急忙捂着肩膀。

"你迟到很久了你知道吗？我们在这里等了你很久。"小甜有些生气。

"咱们又没有什么急事，不就是沿着央河赶路嘛！"慕天反驳道。

几个人继续沿着央河河岸走，他们发现河流越来越窄了，甚至有的地方奋力一跃就能跃到河对岸去。

"我怎么觉得这央河不太对劲呢？是要枯了吗？"龟强说出了大家的疑问。

慕天打开月瓶，看着他们走过的路，发现在地图上，央河的形状也的确是越来越窄。慕天若有所思地点了点头："告诉大家一个好消息，我们好像走反了……"

周围几个人一阵寂静。小甜突然开始用力地不停拍打着慕天，要不是龟强和肥仔拦着，慕天绝对伤得不轻。"咱们这些天都白走了嘛！你这个路痴！"小甜愤怒地说。

肥仔劝道："小甜，慕天也不是故意的，再说了，咱们不是很平安吗？"小甜撅着嘴不说话了。

小甜想了想，也的确像肥仔说的那样，否则就凭慕天一个人的力量，他们几个可能早就离开这梦境了。

"咱们现在往回走，应该还来得及。"慕天看着地图说，"虽然我不知道咱们在追赶什么。"

肥仔和龟强坚决不同意，觉得像这样安安稳稳的挺好，小甜缄默不说话。正在几个人犹豫不决的时候，远处传来一阵嘈杂声。慕天几个赶快找河边的一块大石头躲了起来。

只见一队人从远处沿着央河河岸朝这边走着，带头的一个还大声抱怨道："你说上头也是，这里哪还有什么梦神了，早就被之前的队伍赶尽杀绝了，咱们来这不是浪费时间嘛！"

旁边几个人附和着："队长说得对，咱们快点把这里搜查一遍，然后去央河源头大展身手……"

这一队人走到慕天他们附近时，带头的队长突然站住了，他闭目冥想，头上显现出一个极亮的光点，这光点爆裂开来，分散成无数细小的光尘，向四面八方散开。慕天几个人的衣服上瞬间落上了许多的光尘。而这时，带头那个队长一阵邪恶的笑声："原来还真有命大的。"几个身穿黑衣的手下已经朝慕天几个人的藏身处奔跑了过来。

慕天想引开敌人，就从石头后站了出来，将自己化成一阵薄雾散开到空气中，这几个人便开始追着慕天跑。就在慕天以为自己成功引开敌人的时候，他注意到面前突然站着一个身影，只是一下，慕天就被一只手臂打趴在地变回原形。

那个队长走到慕天跟前，踩着慕天的脑袋："没想到这么弱的竟然能活到现在！"他举起手中的长剑要砍向慕天。

就在长剑落下的时刻，一个人站到了这位队长的身后，一只手把住了他握剑的手，一只手勒住队长的喉咙。所有人都惊呆在那里。

那个人对着这队长吹了口气，队长的身体就开始渐渐消失，最后不见。那长剑也掉落到地上。

剩余的几个敌人见状，开始迅速地四下逃窜："是他，是他，快逃啊！"

慕天回头看了看他的救命恩人，身穿干净素雅的白色衬衫，温文尔雅的面庞，不高的个子却有异常坚毅的眼神。

他以矫捷的身手抓住了身边最近的一个敌人。任凭其余的敌人逃走。他抓着这个人的衣领，不紧不慢地说："我问什么你就说什么，否则你的下场会和你们队长一样。"那人吓得面色惨白，急忙点头。

"你们是哪里的梦神？"

"是原山的梦神。"

"央河的源头有你们的人吗？"

"有。都混在每个国家的梦神中。"

慕天的救命恩人松开了手，那人急忙连头也不回地跑了。

倒在地上的慕天看着恩人的身影，感激地说："感谢您的帮助，您叫什么名字？"

"凌。"那小哥冷冷地说。说完就转身要走，却被慕天拽住，凌问道："你想要做什么？"

"我搞不清楚那些人为什么来这里？"

"我看你是搞不清楚你自己为什么在这里吧。"凌说。

凌没有理会慕天，看了看小甜几个："你们最好待在这里，永远待在这里，否则……"凌叹了口气，摇了摇头。

"你和我走。"凌看了眼慕天，径直向前走去，"我给你十分钟，在那边的转弯处等你。来不来随你。"

慕天十分为难地看着小甜、肥仔和龟强。小甜走过来："慕天，你听我说，你要跟他走，因为你真的不需要我们。我们这一路能有你陪伴已经很幸运了，否则以我们的水平，可能早就完蛋了。我们会待在这里，而你是要不断向前的人。如果将来有一天你想我们了，就来这里找我们。"

慕天在几个人的轮番劝说下，依旧没有动，眼角有些湿润。其实慕天心里明白，但是他依旧割舍不掉这几位朋友。慕天有些哽咽地说："如果需要我，就摸着你衣领上的徽章冥想，我能感受到你们的召唤，我会回来。"慕天说完，就头也不回地朝凌走去。他没有回头，因为他怕朋友们看到他湿润的眼角。

慕天走了过来，凌凝视着远方："我叫你过来不是因为我需要你，而是我救了你，你要还我一个人情。从现在起，你在梦境里所做的一切都要按照我说的做，直到我觉得你还清了我对你的恩为止。"

慕天被凌的气场压制得毫无反抗的能力，而且还沉浸在失去朋友的痛苦中，默不作声跟着凌走着。

这一夜过得很快，慕天觉得自己的梦境被刺耳的声音吵着。凌走到慕天身旁，席地而坐，依旧是无视慕天，依旧是冷冷地说："我在这里等你回来。"话音刚落，慕天睡眼惺忪地翻着身子，按停了枕边的闹钟。

自从公孙华当了学校科技协会的主席之后，便很少再回寝室，慕天也不知他是真的工作很忙，还是去寻欢作乐去了。可能是内心有些膨胀，又也许能让科协老师开出社团活动的假条，公孙华再也不在乎上课交作业和老师点名了。慕天有时只能在上下课的路上看到公孙华。在课堂上，曾经紫罗兰一组的几个人慢慢地都回到学校上课了，一切并没有什么不同，只是看上去比之前低调了许多，可慕天知道他们可是经历了生死的人。白天的事情多是无聊，但是自从有了凌，慕天每天晚上都显得有趣了许多。说是有趣，也不妨说是刺激甚至危险。

慕天遇到凌后回到梦里的第一个晚上，慕天站在原地，左顾右盼，起先并未看到凌，刚要走，却发现脚踢到了什么东西，慕天低头一看是凌正在他脚边打坐。一个西装革履的帅哥在打坐，这个场景怎么都觉得蛮奇怪的。

"你来了？"凌睁开眼睛，站起身清理了下身上的尘土。

"你就这样等了我十六个小时？你不上班吗？"慕天有些惊奇地问。

"我们继续赶路吧，我还有很紧急的事情要办。"凌开始向前走，慕天也只好跟着凌走着。

慕天一路上问这问那，但是凌什么话都没有说。慕天突然觉得自己就像往日的公孙华，而凌就像往日的自己。

　　走着走着，凌突然停下了。慕天百无聊赖地跟在后面，差一点儿撞到了凌身上。慕天急忙问："你干嘛啊？突然停下。"

　　凌看着前面，突然伸出左手抓住了什么。只听见一声惨叫，凌的面前逐渐显现出一个人形，正被凌抓着脖子悬在半空。这时，那人从身边亮出一把匕首，刺向了凌，可谁知这匕首像是刺到了空气，从凌的身体中穿过。凌伸出右手抓住了另一个透明的不速之客，另一个人影刚显现出来，还没吭声就消失了。凌用腾出的右手又给了自己用左手抓起的敌人重重一拳，那人形也慢慢消失了。

　　慕天发现，凌的左手戴着手套，而右手并没有戴，而且更奇怪的是，凌的右手正不停地滴血。慕天刚要上前帮着包扎，却被凌一脚踢开。

　　"你干嘛啊？我好心要帮你包扎。"

　　"我的血你不能碰的，我的事你不要管的好。"凌从口袋里拿出一只手套，为自己的右手戴上，继续向前走去。

　　慕天注意到，凌的右手没有再继续流血，隐约地慕天觉察到了凌的厉害与危险。

　　在路上，凌遇到了各种各样的敌人，有伪装成石头树木的，有化身为野兽的，也有实力不济见到凌就逃跑的。每每都是凌获胜，凌用自己的右手将敌人永远地排除在梦境之外。当慕天梦醒时，凌就席地而坐，在慕天的脚下等着他。

　　慕天有些疲惫了，他越来越讨厌梦境中的生活，有时候他想逃脱，但是他每夜都无法回避。这一晚，他打开自己的主页，发现可心在网上，这几日每天可心都会给慕天留言，慕天却因为太忙而错过了。

"嗨！美女！"

"你这几天去哪里了？给你留言也不回我！"可心应该是有些生气了。

"我最近身边发生了许多奇妙的事，所以这几天没有打开电脑。"

"奇妙的事啊，包括我吗？"可心依旧是调皮地问。

"当然包括你了。"慕天也被可心的可爱逗得一下子心软了。

"这几天你不在，我把你所有的文章都看了一遍，真的好有文采！"

"哪里哪里，你要看我就再写几篇给你看啊！"

"太棒了，你的文章里会有我吗？"

"当然有你了！"

……

两个人聊了很久，转眼都快午夜了。慕天觉得有些头痛，便匆匆和可心道别。慕天躺在床上，脑袋里开始回荡着有人呼喊他的声音。慕天马上睡着了。

当他睁开眼，只见凌被一团黑雾缠绕着，十分痛苦。慕天焦急地看着凌："我该做什么？"

"把我的手套拿下来，小心点！"凌痛苦地说。

慕天赶忙帮凌脱下了右手的手套，他的右手又开始流血了，当他用右手触及那团黑雾的时候，那团黑雾便消失了。

凌倒在地上，重新戴上右手的手套，痛苦地捂着胸口大口喘气。

"你没事吧？"慕天关心地问道，看到凌缓和了许多，慕天又笑笑说，"我以为你无所不能呢！"

"这个世界里，除了统治者是无所不能的，剩下的所有人都只是普通人而已。"凌闭目平和着自己的情绪，"你今天怎么到得这么晚？"

慕天脸一红，害羞地低下了头，说："没什么，就是周末想晚睡一点儿而已。"

凌和慕天继续赶路了。一路上，凌突然打开了话匣子，开始对慕天讲起了许多事情，慕天则认真地听着。

"大概是两年前吧。我还在京大念书，在宿舍里，那晚是我第一次能够进入我朋友的梦里，我可以在梦里面和他交流。之后我发现梦境里的一个地方，那里有无数道门，我可以看到门里面人的梦。我一直很享受梦里的生活，直到那天我遇到他们，他们将我抓起来，威胁着让我永远不要进入梦境，说我是不受管控的梦神。梦神，我第一次听到这个名字。在这里我无所不能，我以为我能够胜得了他们，当然，他们那些人加在一起也不是我的对手。但那天，就在我熟睡的时候，突然有几个人潜入我的寝室，杀害了我和我的室友，而我的梦神却永远留在了这梦里。"

"你是说你现在只剩梦了？"慕天颤颤巍巍地说。

"我可以说是真正的不死之人了吧！"凌冷冷地说。

慕天十分不解："可是每个人的梦不是属于自己的吗？如果真的可以生活在梦中这个世界，那也应该是随心所欲的啊！"

凌仿佛在自言自语地说："当一切都可以互联，就会有强弱，强者愈强，弱者愈弱，以致平衡被打破，那么就有管理者和被管理者。现在各个国家都在争夺梦境的控制权。其实在最开始，原山是最早发现梦境可以连接的组织，但是却没有技术和能力实现。其实回想起来，什么原山啊，不过是最早进入梦境的一伙人给自己在梦境里的组织起的名字而已。"

"你这么说，那原山的那帮人也不厉害啊！"

"我曾经就是原山的一员……"凌顿了顿，"起初的一切美好，都在后来的一帮人来到后变了样子。本来的梦境里大家和谐相处，但是后来就不再接纳新人进入了，因为他们觉得自己高人一等。但是随着技术的发展，像你这样没有如此高天赋的人也能进入梦境，他们就想反击，甚至把你们这些后来者都赶出去。直到现在各个现实中的国家组织军队和科学家进入这里，改造这里。可以这么说，现在的梦境里，就像群雄割据那样混乱。"

"可是我进入到了一个巨石场，现在和朋友们又被从那里赶了出来，让我们去消灭别人。"

"就是因为太乱了，所以各个国家的梦神代表都想建立一个强大的组织，这组织里都是最强的人，保护他们在梦境的利益，另外还要把不听话的原山人赶出去。"

"那也不至于让我们自相残杀啊！"

"……再把那些不够强大的人赶出去。"

"这对他们有什么好处！"慕天有些愠怒。

"于是这里就成为了精英们的乐土！只有被允许的人才能进来。再由强大的梦神保护这种统治。"凌回头看了看慕天，"当然你和我都是不符合条件的人。"说完凌又继续向前。

　　慕天被搞得无话可说，觉得自己是别人脚下的蚂蚁，自己的生死全由别人说了算，但是他又能怎样反抗呢？只能默默接受罢了。

　　慕天看着央河的宽度越来越大了，有点沮丧地问着凌："那你为什么要去央河的源头？那里不都是要把我们赶出去的人吗？你就不怕？"

　　"我要完成我的夙愿，为了自己的愿望，冒点险应该还好吧！"

　　"可你要是被他们打败，你就真的连梦都留不下了！"

　　凌没有说话，回头冲着慕天笑了笑。不知为何，第一次看到凌的笑脸，慕天觉得安心了许多，莫名地，慕天十分相信凌，而难得凌对他讲了这么多话，慕天也明白了很多。此外，从凌的话语中慕天才知道，元博士只是这众多研究者的一员，他负责的，只不过把这片小区域和全部区域连接了起来。而最初创造者想要创造的世界，技术研究者创造的世界，与实际产生的世界，这三者间产生了很大的偏差。置身其中的慕天并不觉得奇怪，又因为自己太渺小，自知被排挤在梦境边缘也是应该的，只是觉得平凡的人在梦中都要被限制，这未免太可悲了。

　　凌停下了脚步，席地而坐："明天见。"

　　慕天随即觉得一阵眩晕，睁开眼，天亮了。

十一、危险的游戏

慕天揉揉眼睛，外面刺眼的阳光把屋子照得通亮。慕天洗漱完毕，刚准备去吃早点，手机就响了。电话那边传来了银铃一般的声音："是杨慕天吗？"

"我是。"

"嗨，慕天，我是可心啊！"

"嗨，可心，什么事呢？"慕天被突如其来的电话搞得不知所措。

"给你一个大惊喜。你猜猜！"

"我不知道啊，能有什么惊喜？"

"你真无聊。我现在就在你们学校呐！快出来接我吧！"

慕天傻傻地愣在那里好久，才缓过神来，急急忙忙照了照镜子，就飞奔出了门。正撞见喝得烂醉的公孙华从外面进来。公孙华迷迷糊糊地看了眼慕天："咦？你也不正常啦！"

慕天没有理会公孙华，径直跑了出去。

在校园的大门口，慕天看到了等候已久的可心，现实中的可心和梦中的一样活泼可爱。两人沿着校园的马路漫无目的地走着，因为可心的活泼，聊天从不会无聊。两人从校园的这边走到那边，两人又走出慕天的学校来到旁边的学校。可心告诉慕天，她的好朋友就在慕天隔壁的学校读书，她就是来找她的，正好顺路可以看看慕天。两人沿着长长的林荫小路走着，不知不觉两人的手就碰到了一起。慕天很自然地牵起了可心的手，可心倒也是很开心的。可心牵着慕天的手一甩一甩的，走了很久。中午他们在学校的食堂简单吃了顿饭，本想请可心到饭店里吃些好菜的慕天，觉得这未免有些简单，但是可心却是很好奇和满足地拽着慕天走进食堂。可能同是学生的原因，对别人大学的食堂有着莫名的好感，可心问这问那，兴高采烈地吃了好久。

最后，可心把自己一直拿着的花布袋子递给了慕天："给，这是我给你带的零食和水果。学校里吃得不好，你这么瘦，得多补充营养。"慕天不好意思地挠了挠头。可心要去找她的闺蜜了，两人道了别。

慕天看着可心蹦蹦跳跳离开的背影，久久不愿离去。晚上到了宿舍，一直舍不得洗手。

公孙华这一晚却是很奇怪地独自宅在宿舍里打游戏。看着回来的慕天："好奇怪，今天竟然是我在宿舍里，你一天不着宿舍。"

"今天是周末，谁像你这么奇葩！"

"你去干嘛了？"

"我上次去考世界语，碰到了个女孩儿，她今天到隔壁学校找她朋友，顺便我们见了个面。"

公孙华摇了摇头："你呀，没戏！这么无聊！"

慕天自顾自地打开了电脑，没有回答。慕天和公孙华难得一起玩了会游戏，直到夜幕降临，公孙华的手机短信开始不停地响了起来，最终公孙华接到一通电话，游戏被不管不顾地搁置在那里，公孙华出门再也没有回来，慕天也很知趣地合上了电脑。

慕天满心回想着白天的甜蜜，仿佛一切都变得美好了许多。慕天稀里糊涂地睡着了，他睁开眼，还是那条林荫小道，身旁依旧是可心，他们牵着手向前走着。可是突然，慕天觉得仿佛被什么束缚住无法前行，他再三挣扎也无济于事，最终一记响亮的巴掌让他清醒过来，他的一只脚已经悬在半空，脚下就是万丈深渊。凌在他的身后抓着他，倒也很淡定，半打趣半讽刺地说："很美好的梦中梦不是吗？"

慕天吓得赶紧收脚，跑到离悬崖很远的安全地带，害羞地问："你都看见了是吗？"

凌若无其事地回答："我看不见，但是我能感觉得出来。能在如此强大的联合梦境中给自己的梦境腾出点空间，不是强烈的感情是不行的。"

慕天低头不语。凌拍了拍慕天的肩膀："咱们继续走吧。还记得这个峡谷吗？对岸就是你们被送过来的地方——巨石场。"

慕天打开月瓶，上面的地图已经显示了一小半了，就是他们走错方向的那一半。

在他们的路上，天空中飞来了一只老鹰，在他们上空盘旋了一阵之后，就飞走了。之后这只老鹰来来回回几趟，最终不再出现。

慕天心里觉得怪怪的，可是看着凌淡定的神情，倒也没觉得害怕。

凌忽然问了慕天一句："你打过群架吗？"慕天摇了摇头。"我也没有，那么咱们就听天由命吧。"凌笑笑说。

在这片平坦的大地上，从天边的地平线处扬起了层层沙尘，而在相反的方向，同样也传来了由远及近的人马声。慕天脚下的大地开始震颤得愈发厉害。

慕天有点慌了："我们该怎么办？被包围了！"

凌依旧是淡然地说："就咱们两个人可担当不起这阵势！你不是会让身体涣散吗？咱们可以试试。"

"别开玩笑了，我那点小聪明，哪能跟这些专业的人比呀！"

"你呀你呀，那咱们就等着受死吧！"凌说着席地而坐，闭目养神。

眼看着两边的队伍朝他们冲了过来，慕天焦急地左顾右盼，他甚至能看到一侧带头的穿着厚厚盔甲的大胡子和另一侧带头的黑色西服的瘦高男子。最后他硬是抓着凌的衣服，闭目冥想，两人身体随风涣散。而此时此刻，大胡子的铁锤与西服男的利剑正好穿过他们的身体在空中撞击到了一起。

慕天和凌仿佛离开了这个时空，站在战场的最中央看着两队人马逐个拼杀。

"凌，你见多识广，这是怎么回事啊？"

"大概又是谁和谁在抢地盘吧！"凌掸了掸刚才被慕天抓乱的衣领，饶有兴致地看着眼前的一切。

慕天看着两方的利剑和钝锤时不时穿过自己的胸膛，虽然和自己并没什么关系，但是也觉得浑身冰凉。他已经能看清大胡子狰狞的面容和身穿西服的绅士脸上诡异的笑容。

在不远处，一个长衣折扇的男子手持一管很大的毛笔，在空中挥毫泼墨，而每字写完，都会成形像重拳一样打向对面的敌人。而对面的人身着一身牛仔，行动十分迅速，以几乎肉眼看不清的速度躲闪着。两人交战得十分激烈。这时，从折扇男子身后慢慢出现了一条毒蛇，而他还毫无察觉，这条蛇突然张开血盆大口咬向他，他觉察到后迅速用折扇挡开了毒蛇。但是这一漏洞却被牛仔抓住，眼看牛仔就要冲到他的面前，他已经放弃抵抗准备接受这一击，不想从旁出现一个身影，响响的一记重拳将牛仔打趴在地。那人原来是凌，他惊奇地看着眼前的陌生人："你是谁？"

"我叫凌，你叫什么？"

"我叫长和。谢谢！"

"不用谢我，我只是看不惯别人偷袭。"凌向那条毒蛇走去，那条毒蛇像是见到天敌一般，一溜烟钻到地下离开了。

毒蛇消失后，长和与对手继续交战。而凌一个人站在战场的中央，此时他已经失去虚幻的身体，真实地站在那里，淡然地看着周围的一切。慕天心想着："这家伙真爱多管闲事。"但是令慕天意外的是，凌一个人在战场的中央踱步，身旁无数的人都在捉对厮杀，但是却没有一人关注到凌。凌走到一对对手的身旁，仔细地审视着每个人。此刻，凌给慕天的感觉就像是一个主宰，冷眼旁观着这个梦境里的一切，这些梦中的生死与他无关，但是他仿佛只要轻轻一挥动手指，就能改变所有人的命运。

这场战争与所有之前慕天在梦境里遇到的对战一样，所有被杀死的人，都会消失在这梦里。而凌在那里，一个人比比画画，时不时地指向远方。

慕天悄悄地移步过去，小声地问："凌，你一个人在这战场中央比比画画的，干嘛呢？"

"我在为每个消失在梦境的人指引回到现实的路，我不想让他们永远迷失在这里。"说着，凌向一个没有人的方向点了点头，应该是在接受对方的感谢。

慕天知道凌能看到梦境中自己看不到的东西，顿时觉得毛骨悚然，但是他更不敢离开凌了，这是他仅有的依靠。慕天环顾着四周，战场上的人越来越少，周围的硝烟逐渐散去，这世界回归了仿佛从未有过的宁静。

天空中那只老鹰又出现了，声嘶力竭地鸣叫了几声，大胡子带着仅剩的一些人就撤退了。身着西服的剑客也没有去追，叹了口气，与自己的队伍转身离去。

慕天此时也幻化成形，问着凌："他们这是打完了？谁胜了？"

"这样的战争，谁能胜呢？不过可以肯定的是，这场仗还没打完。"

"就剩这么几个人了怎么会还没打完？"

"招募点人呗，扩大梦境的连接范围，总会有新人进来的不是吗？你以为让你们这些人进入梦境是干什么的？"

"对了，你刚才指引那些人去哪了？"

"梦境中战死的人会由于大脑神经受损很难在现实中苏醒，但是我指引他们即将消失的梦神回到央河，当他们受尽了央河的洗礼，自然会在现实中醒过来，虽然再也进不来梦境了，不过我认为那对他们来说是一件好事。至于原理嘛，我也不知道。"

慕天十分崇敬地看着凌："你真是神呀！"

"我不是。"凌说完就继续朝前方走了。

　　慕天刚想跟着凌走，却被身后突然伸出的一只手拉住："我说慕天，没等我就进来玩啊！今天哥准备保护你。"

　　慕天一回身："公孙华，你怎么今晚进来了？"

　　"怎么啦！今天无聊嘛。而且咱们学校准备让我重新带队，参加创新项目。"

　　凌的脚步停顿了下，头也没回："我就说，总会有新鲜血液的！看到了没有？"说完就继续向前走。

　　慕天怀疑地看看公孙华，回答着凌："就他？！参加刚才那样的战斗？"

　　凌笑笑："多个肉盾总是好的。"

　　公孙华一下子怒了，径直冲向凌并狠狠拽住他："你敢说本大爷是肉盾？你是干什么的？"

　　慕天急忙上去把公孙华的手拉开："你疯啦！这位是凌，是我们的靠山。"

　　"就他？算了吧！我看还不如之前的龟强呢，起码人家能藏起来。"

　　"像你现在这样很危险！"凌轻声说。

　　"哼，危言耸听，我看你是怕了吧！"

　　"你现在站的这个位置，看你脚周围的土壤，估计你马上就会掉下去。"

　　"我凭什么听你的？"公孙华还用力地踩了踩地面。

　　果不出凌所料，公孙华脚下的土地现出了一个大洞，他刚要掉下去，凌就抓住了公孙华的手。公孙华悬在半空。

　　"救命啊！救命啊！"公孙华声嘶力竭地号叫着。

"你越是这样，我越难把你拉上来。"凌一边抓着公孙华，一边费力地和他说话。公孙华马上闭嘴，凌将他一把拉上了地面。

慕天赶快上前帮忙："凌，这是怎么回事？"

"这里是梦境，是通过现代科技连接每个人的梦境而成，总会有一些空间的漏洞，掉进去了就会被困在梦境里。

"然后呢？"

"很可能在梦里出不来了！说白了就是醒不过来了。"

慕天和公孙华都呆呆地站在那里，像是两个受到惊吓的孩子。

公孙华颤颤巍巍地回应说："吓唬人的吧！"

凌没有回话，慢慢向前走。慕天赶紧跟上去，也示意公孙华跟上。公孙华虽然满脸的不愿意，但是也只能无奈地跟着走了过去。

几个人走着走着，路面上坑坑洼洼的地方越来越多，路旁的大石头也越来越多。

"我们这是要去哪啊！"慕天问。

"跟你之前说过的，央河的源头。"凌停下脚步，指着远处一座高耸入云的石壁。

"哇！那是什么？一座山吗？那么远。想想就好累，哥平时从来也没走过这么多路，车接车送，到梦里面本来是想来享福的！"公孙华一屁股坐在地上，赖着不起。

凌走到公孙华身边，低下身子和他说："没有人逼你来这里，这里再也不是享福的地方了。如果你害怕，可以不来，因为你是靠药物才进入到这里的，没有天分。"

"哎，你这人怎么这么说话！"公孙华火冒三丈。慕天急忙把公孙华拉开。

　　凌指着那高耸入云、绵延看不到尽头的石壁："咱们要爬上那里，那后面应该就是央河的源头。"

　　"你说的是什么意思！"慕天也有些疑问。

　　"可能你的这位老兄自己也没去过什么央河的源头吧！"公孙华没好气地说。

　　"我的确没去过，但是想把梦境搞清楚，我们就必须去那里。"凌劝说着。

　　"这位大哥，我们已经知道了这梦境是怎么产生的了，我们甚至参观过元博士的梦境工厂。这全靠我！"公孙华得意地指了指自己。

　　"我不知道你说的元博士是谁。但是我想，能塑造出如此强大的世界，只靠一个实验室、一家公司、甚至一个国家，显然是不可能的。"

　　"那问题是，我们要怎么爬上那么高的石壁呢？"慕天还是很担心的样子。

　　"那不是石壁，是一处悬崖，央河从那上面流下来形成瀑布，汇聚成河，流向四面八方。这央河所到之处能灌溉那里的梦境，使梦境世界得以延伸！"

　　"这些你又是从哪里听说的？不会是自己胡诌的吧！"

　　"我觉得你们应该相信我，我没有必要拿着自己最后的灵魂欺骗你们！"

　　"好啦好啦，公孙华，咱们来到梦境里不就是为了探险吗？听凌的吧，他的故事我以后再和你说！"

　　凌在前引路，慕天拖着公孙华在后面跟着。越向前走，路面的石子越大，越难走。不远处央河的河面也越来越宽，甚至慕天在河的这边都望不到河那边的河岸。河面上水雾四起，已经能听到远处传来的震耳欲聋的瀑布声。

慕天拽着走不动路的公孙华，公孙华在那里叫苦连天。突然，前面的凌停下来了。

"你也累了？"公孙华喘着粗气问。

慕天走到前面一瞧，他们前面全是一望无垠的河面，已经没有路了。

"啊！没有路了？正好，我们今天就到这吧，让我好好休息休息！"说着，公孙华又一屁股坐到了地上。

公孙华坐在地上不肯起来，凌站在水边不停地试探，慕天夹在两边很为难。

突然，不知道凌碰到了什么东西，央河的河水自然而然地退避开，形成了一条道路。

"我们确定要过去？"慕天有些怀疑地问。

凌点了点头，慕天不知为何，从心底里就十分信任凌。慕天强拽起公孙华，跟着凌从河水退避后出现的石路通过央河，两边高高的水墙十分诡异，他们甚至能看到水中游来游去的鱼群。但是这沾湿了河水的道路十分湿滑，慕天和公孙华都摔了跤，磕破了手臂和膝盖。三个人慢慢地向前移，很长时间，才到了之前看到的通天高的石壁。凌触碰了一下石壁，一路走来的石路突然被河水重新覆盖，高高的水墙瞬间砸下来，慕天和凌紧紧地抓着石壁向上爬，但是公孙华却被这突如其来的大浪拍到了水底。慕天十分担心，准备下水，被凌拦了下来："你会水吗？"慕天摇了摇头。凌严肃地说："你这样下去了无异于送死。我来吧！"说着凌就冲下了水底。水面很快恢复了平静，凌拽着昏迷不醒的公孙华冲出水面，送到了石壁那的慕天身边。慕天急忙拍打着公孙华的脸，可是也无济于事。就当他们认为走投无路的时候。他们身下的水面突然涌起一股喷泉，水面上的他们也自然而然地顺着喷泉向上升，速度飞快地穿过了云层，径直到达了石壁的顶端。他们刚爬上石壁顶，喷泉便回落了。慕天向下看去，只能看到厚厚的云层。

慕天赶紧不停地按压公孙华的胸膛，做着心肺复苏，几分钟过后，公孙华咳出了一大口水，这才有了意识。慕天看着奄奄一息的公孙华，又看着自己满身的伤痕，曾经的信任现在荡然无存，他万分愤怒地问凌："你让我们到这个鬼地方来，是为了什么？我是那么信任你，你就把我们往死里带吗？"

凌平平淡淡地回答："我只是想来这里看看，要不然活得太平淡了点。"凌走向石壁顶的另一端，向另一面看去，震惊在那里。

慕天扶起了苏醒的公孙华，本以为公孙华会破口大骂，没想到公孙华说的第一句是："刺激！"

两人也走到凌身边，向石壁的另一侧望去，同样呆呆地站在那里。与这一边荒芜遍布沙石的世界不同，那一边遍布森林，而极富科技感的各种建筑与自然和谐地融合在一起。一眼望不到边的透明晶体星星点点地散布在葱郁的绿色里，闪闪发光。出人意料的是，央河在这侧竟是从这石壁下方向上流，越过这石壁再流向远方，而这边的央河依旧望不到头。

慕天的气稍微平静些："你还要向前走吗？"

凌说："是的！"

慕天看了看毫不在乎的公孙华，似乎一下子想通了什么，笑笑说："那我陪你吧！"

公孙华也拖着奇怪的腔调："我也是！"

十二、梦境中心

公孙华又看了看这一侧同样高耸入云和陡峭的石壁，说："但是你们知道该怎么下去吗？"

慕天耸了耸肩，凌也一头雾水。但是凌马上开始勘察地形，而公孙华坐在地上吹着自己腿上的伤口。慕天见状，也急忙跟着凌在石壁上东找西找。

过了很久，慕天和凌回到公孙华身边，公孙华问："找到下去的方法了吗？"两个人摇了摇头。

公孙华起身拍了拍身上的土："关键时刻，还得看我！"说完快步走到石壁边缘，左瞧瞧右瞧瞧。慕天知道公孙华不靠谱："我说你就别装模作样了，快回来，咱们先休息下，再商量怎么下去吧！"

站在石壁边缘的公孙华转过身来，他平时最好面子，被慕天这么说，顿时火冒三丈："我怎么就装模作样了？我告诉你，我们今天肯定能下去，我有预感。"说着，他用力地跺了下脚。

公孙华还没来得及想什么，脚下的岩石碎裂开了，他随着脚下的碎石一并掉下了石壁。凌那么矫健的身手，也没能来得及抓住公孙华。公孙华很快消失在石壁下，天空中回荡着公孙华响彻云霄的叫喊声。

慕天在那里被眼前的一幕惊呆了，缓缓走到石壁边缘，害怕地问着凌："公孙华不会……"

凌眉头紧锁。这时，从石壁的底端传来了公孙华的叫喊声："喂，你们快下来呀，我没事！"

凌和慕天有些疑惑。慕天回了一句："你不是摔傻了吧？"

"快点下来！真的没事，我就悬在了半空。"公孙华长长的回声不停地传来。

凌倒是很爽快地纵身一跃，慕天也紧跟了上去。两人快速地坠落，风吹得他们无法睁开眼睛，他们只能任凭身体被强风随处摆弄。突然他们穿过了一层薄雾，看到了绿色的树木和大地。就在郁郁葱葱紧密的森林上空，慕天和凌看到了公孙华在向他们招手。一瞬间，慕天和凌便停滞在了半空，弄得他们过了好一会儿才缓过神来。他们看着不远处悬浮在同样高度、正在半空躺着的公孙华，哭笑不得。

凌问："我们这样悬浮着，能下到地面吗？你这不是骗子吗？"

公孙华双手一摊："我们不是悬在半空吗？我们没有看到陆地吗？我可没骗你们！"

慕天指了指地面："可是我们离地面还有几十米的距离！我们怎么才能下去？"

公孙华倒是很不满的样子："我已经把你们从几千米的高空带到了离地面几十米的地方，你们竟然还要问我怎么到地面上？我这是给你们个机会！"

　　慕天和凌哭笑不得。三个人毫无办法，索性聊起了天。

　　"你们说我们不会以后每晚都要悬在这里吧！这样好无聊！"慕天说。

　　凌说："我才无聊的好吧，我都无法离开梦境！"

　　……

　　"哈哈，又有人落网了！"从远处传来了一阵笑声。

　　从树丛中探头探脑地出现了一个像原始人一样装扮的胖子，满面的胡须和不修边幅的举止很难让人把他与之前看到的石壁这侧的科技与自然完美结合的景色联系起来。

　　公孙华看到这个从自己身下不远处探出身来的脏兮兮的人，马上大叫："你是谁！你不要碰我！把你的脏手拿开！"

　　那人倒是很兴奋："这里好久没有客人了！我是这儿的守门人。你们就想一直飘浮在空中吗？"

　　凌仔细打量了下这个陌生人："守门人，请问你怎么才能让我下来？"

　　"这个好办，我一挥手你们就能下来！可是你们那位朋友好像不希望我这么做。"

　　公孙华经过了一番思想斗争："好吧，随你怎么办，赶快让我们下来！"

　　守门人轻轻打了下响指，他们三个就又突然落下来悬在了离地面半米的空中。

　　慕天三人站起身来，而守门人从不远处的一个树枝上倒挂下来，看着他们不停地鼓掌。

　　守门人走近他们："欢迎欢迎，我亲爱的朋友们。"

凌看他走近身边，突然一拳打出去，拳却最终停在了守门人面前，任凭凌再怎么用力，都无法再向前一点儿，仿佛守门人周围的空间是不可触及的。守门人微笑着看着凌："身手不错。我没有敌意，趁我现在心情好让你们进来参观下，但是我要是生气了，你们可就悬咯！"守门人又指了指凌："尤其是你！"

慕天赶紧出来打圆场："好啦好啦，我们也是误打误撞进来的，我们也很好奇石壁的这边是什么，就劳烦您带我们参观参观！"

守门人把手臂搭在公孙华的肩膀上，公孙华被守门人身上的臭味熏得不禁捂住鼻子，把头扭过一边，但是也不敢反抗。

守门人示意他们几个跟着他走，他们的周围都是比人还高的草丛，只要守门人走过去，这些草丛自然会让出一条路，他们走到一扇大门前，守门人高喊了一声，这时不知从哪里传来了一声："守门人身份确认！"厚厚的木门缓缓打开。

慕天暗自感叹："这原始与科技的结合也太好了。"

他们进入了一片灿烂的草地，这里都是望不到边的发光晶状体和数不清的门。这些晶体大小不一，形状各异，分散地漂浮在这无尽的空间。而远处忽隐忽现的门海，与之前慕天见到的并没有什么不同，但是每扇门的质地与造型，都比之前他见到的门愈显尊贵。慕天走到一块晶状体前，他惊奇地发现里面竟然是一个小世界，有两队荷枪实弹的军人正在里面激战，慕天再向前走，在仅有的一处略显空旷的地方看到一块最明亮的晶状体，但是他不知为何却无法靠近，只能远远看着，他盯了好久也无法看清里面。

守门人走过来，拉走了慕天："这个你可不能碰！"

慕天疑惑地说："为什么？"

守门人笑笑道："你一旦能进入那个空间里面，里面可都是不同国家最强的梦神战士。你总不希望国家首脑间的会议被你打扰吧！"

慕天三个人被眼前的一切震撼着，原来这梦境在政治、军事、教育等领域早就已经有所应用，只是仅限于很少一部分精英而已。

慕天自言自语道："我以为梦境只是刚研究并且连接不久，没想到现在技术都已经这么成熟了。"

守门人非常自豪地说："那是，而且这里的所有人都是社会的精英阶层。他们觉得每天只有白天的十几个小时实在是太少了。而且成天坐飞机到处开会，既费时，也不安全。而这里，却是最私密最安全最方便的世界。"

凌到处看着，也不说话。公孙华到处跑来跑去，兴奋得不行。

守门人看到慕天衣领上的徽章："你们很幸运，看样子巨石场的训练还是有效果的，否则你们也无法到这里来。"

慕天有点心虚："其实……"

还没等慕天说完，凌突然开口打断了慕天："这一路上的确有很多艰难险阻。不过我们想知道，为什么那个叫金手的人想让我们到这里来？"

守门人狐疑地看着凌："你是迷失在梦境的灵魂吧！没想到金手那边什么人都有。我不知道你们是怎么聚在一起的，但是你的能力我一看就知道很厉害！愿意加入我们护卫队吗？保护那些在现实中你这辈子都不可能见到的人？"

"比如？"凌问。

　　守门人笑着不说话，但是转身对着慕天说："你们能来到这里都是这位凌的功劳吧？好奇葩的队伍，不过既然你们已经达到金手大人的预期，我也就只能算你们达标了。"

　　公孙华听到了守门人刚才的话，立马不嫌弃守门人的体臭，一把抱住他："大哥，达标后什么奖励？"

　　守门人轻轻地在他们几个头上点了一下："以后你们可以出入这里，在这个梦境里生活，体验最新的梦境科技，但是要服从你们上司的命令。"

　　慕天心想："天呐，刚从现实的苦海中到梦里，在梦里还得被人管，还有任务。"顿时觉得心里很苦。

　　公孙华倒是很兴奋："那我们就能近距离地跟那些金融大鳄、政要们接触啦？太棒了，我一定会让我爸妈骄傲的！"

　　凌似乎看出了慕天的心思："守门人，我们俩愿意接受你的邀请，但是我和我的这位朋友还想继续探寻央河的源头，我看这里并不是央河的起点啊！"

　　守门人一下子严肃了起来："这个，我让你们这么走了，不好办啊！而且央河的源头，你让我怎么跟你们说……"

　　公孙华此时站出来搂着守门人说："他们走他们的，我肯定是要留在这的，大哥，让我去保护金融大鳄吧。"

　　守门人一看公孙华愿意留下，便松开了紧皱的眉头："好吧，你们俩可得答应我，到达了源头就要回来！"

　　慕天和凌别过了守门人和公孙华，继续沿着央河向源头走，河面越来越宽，给人感觉越来越像一片汪洋大海。

　　凌边走边看着央河，对慕天说："央河流过的地方就是梦境，你看看河水里。"

慕天看到河水中有许许多多逆流而上的亮亮的波纹。凌继续说："每个人在梦境中对央河的倾诉都会逆流汇聚到央河的源头，央河会保守你所有的秘密。"

"万一我中途截获了这些倾诉怎么办？"

"幼稚，你眼前的一切都是虚幻的梦境，这梦境的背后是世界互联的信息网络和加密算法。你觉得你的大脑能解密计算机都无法解密的信息？"

"那我们现在是？"

"我们去找这个世界里的'主宰'，看看这央河的源头在这个虚拟世界里到底长什么模样！"

慕天还是有些不解，既然这央河的源头就是梦境的起源，那么他所诉说的话传给了谁，而谁又会倾听呢？

他们身旁的央河已经像大海一样望不到边际了，他们沿着海岸继续向前。身旁星星点点的晶体闪闪发光。慕天想去触碰这个发光的小东西，可是无论怎么样，就是无法碰到。

凌笑道："刚才守门人不是已经说了嘛，这些发光的小东西是一组人的梦，他们被这个大梦境保护起来了。你别白费力气了！"说着，可能是想给慕天做一个示范，凌也碰向身旁的一个很小的晶体。可是不承想，凌真的触碰到了这个小东西，他的身体开始被这个小东西吸附进去。

慕天见状，急忙拉拽着凌，但这晶体的吸力实在是太大了，他们两个人瞬间就被吸了进去。慕天和凌睁开眼睛，他们在一个酒吧里面，这里面充满了各式各样前卫的年轻人和震耳欲聋的音乐。

这时，一个朋克衣着的男人走向他们，狐疑地打量着他们："你们是谁？"随后这个男人转过身来，冲着身后正在饮酒作乐的人群大声问，"这两个人是谁带过来的？"酒吧突然静了下来，无人作声。

慕天灵机一动，掸了掸衣服，示意那个朋克男往后站站，然后站在人前，冲着几百双充满敌意的眼睛大声说："没有人让我们来，因为我们是梦境的守门人啊！我们来就是检查你们的梦境集会的！"下面开始窃窃私语，有的人从身后或者桌下拿出了什么武器，有的人则显出十分惊恐的神色。

朋克男立刻以谨慎的口吻问着慕天："那您看我们这个小梦境能不能通过审查呢？"

慕天环顾了下四周："我觉得十分不错，很有特色。我们不会与别人说的，你们好好继续开心，我们还有别的梦境要检查呢！"

慕天话音刚落，底下一阵欢呼，所有人继续各顾各地狂欢，而朋克男也一把搂住慕天："这就对嘛，我们只是一帮朋友闲来无事聚在一起。这是我们的徽章，有机会来这我们喝一杯！"说着给了慕天两个酒杯状的徽章。

凌问了一句："那我们怎么离开？"

朋克男又狐疑地打量了下凌，然后笑着低声对慕天说："不管你们是不是守门人，我都欢迎你们来，再见！"说完，他狠狠地推了慕天和凌一把，两人向后摔倒，随后当两人再睁开眼睛时，他们已经在这个晶体外了。

慕天平复了下心情："可真吓人啊！"

凌也有些后悔："很抱歉，把你带入那么危险的梦境。"

"没事啦。不过这倒是提醒了咱们，这些各式各样的晶体都是梦境，但是有的可以进入，有的却不行。真是奇怪！"慕天拽起了坐在地上的凌。

凌没有起来，慕天不解地问："你怎么不走了？"

凌微笑着回答："明天见！"

说着，慕天觉得自己一阵眩晕，睁开眼，已躺在自己的寝室里。他听见了那边还在打着呼噜的公孙华，本来想叫醒他一起去上课，可是慕天连喊带拽，公孙华还是不醒，还时不时地流着口水大笑。慕天看着公孙华幸福的模样，无奈地单独离开了寝室，去迎接新一天的大学生活了。

十三、惩罚

　　慕天像许多平凡的大学生一样，穿梭在熙熙攘攘的人群中，赶着上课，赶着吃饭。学期就快结束了，原本空空荡荡的教室现在变得人满为患，慕天其实很鄙视这种临时抱佛脚突击考试的行为，但是现在的课程也的确是很无聊，考试不过是一个形式，一个学期下来学生也根本学不到什么知识，所以慕天也蛮同情身旁这些为了及格而拼命的同学的。

　　慕天正在吃午饭时，突然手机响了，他打开电话，电话那头传来了银铃一般的声音："你在干嘛呐？"慕天先是一惊，后来才意识到是古灵精怪的可心。

　　"嗨，我在吃饭。"

　　"吃饭呐？食堂肯定很难吃吧！"

　　"是啊，难以下咽呢，不过能吃饱就好。"

　　"你晚上下课来接我！"

　　"接你？你不是在外地念书呢吗？"

　　"给你一个惊喜呀，我现在回来啦，要去你们学校咯，给你带了好吃的！我到了给你打电话。"说完，可心就挂了电话，留下慕天傻傻地愣在那里。慕天看了看手表，急忙吃了饭，赶着去上下午的课了。

下午的课慕天一点儿都没有听进去，一心想着可心。下课铃声响了，慕天第一个冲出教室，一反以往磨磨蹭蹭的习惯。他要回寝室梳洗打扮一番。

慕天冲进寝室，公孙华正戴着耳机打游戏，见慕天这么快就回来了，还十分惊奇地问："你速度也太快了吧，隔壁寝室约好打游戏的同学还没冲回来呢！"

慕天没时间跟公孙华闲聊，拿着洗漱用具就到水房收拾打扮去了。

慕天的电话响了，原来可心已经到了校门口。慕天只好以更快的速度三下五除二收拾好了自己，回到寝室拿起东西就要冲出去。

公孙华惊奇地问："这是谁啊？竟然能给你这么大动力！"

"你少管，快打你的游戏吧！"说完慕天就迅速地走出了寝室。

慕天来到校门口，看到可心戴着可爱的小帽子，站在校门口的拱桥上。慕天满怀歉意地跑过去，很不好意思地说："真抱歉，等了很久吧？"

"没有啊，我在看校园的风景，很有趣。"可心指了指校门口的糖葫芦，"那个看着很好吃的样子，我看好多人都在买呢。"

慕天觉得可心贪吃的模样十分有趣，便去为可心买了一串糖葫芦。可心很开心地拿到手里大快朵颐。

慕天接过了可心专门为他带来的保温饭盒，分量着实不轻。两个人在校园里散步，漫无目的地绕着广场走了一圈又一圈，虽然说话不多，但是都不觉得无聊。过了好久，可心看了看手表："你该吃晚饭啦！快尝尝吧！"

慕天带着可心到了食堂，两人打开可心带来的饭盒，品尝着可心的手艺。两个人聊着聊着，天很快就黑了，之后慕天带着可心去附近的电影院看了电影。天色已晚，两人只好依依惜别。慕天送可心回了家，回到寝室的时候已近午夜了。

慕天在楼下远远地看到寝室里的灯黑着，以为公孙华又出去吃喝玩乐了，但是他没想到，打开寝室的门就听到了震天的呼噜声。慕天看看公孙华书桌上散落的小药丸，就知道公孙华肯定又去找守门人了。慕天躺在床上，此时才觉得十分疲惫，很快就幸福地睡着了。

慕天合上双眼，刚睁开双眼，就被凌狠狠地打了一下脑袋，"你今天来得太晚了吧！玩什么去了？都忘了正经事了！"

听到凌这么说，慕天有些生气："我从来不认为梦境中的事是正经事，这里都是虚幻的、不真实的。"

凌笑笑："既然这里是不真实的，你怎么每一天晚上都会进来？"

慕天说："这里是梦，我一睡觉就会进来，理所当然啊！"

凌有些严肃地说："那如果有一天，你无法分清哪个是现实哪个是梦境了，你怎么办？"凌抓起慕天的手臂，两人迅速被一股巨大的力量吸进旋涡，待两人被完全吸入，这旋涡便形成了一块发亮的晶体。慕天再睁开眼，他站在学校的校门口，远远地看到可心在校门口等他。此时，凌站在慕天旁边，静静看着慕天。慕天走到可心面前，可心像现实中的她一样与慕天打着招呼。慕天想牵起可心的手，却怎么也牵不到，可心像透明人一样站在那里也手足无措。

凌走到慕天身边，可心似乎也根本看不到凌的存在。凌再一次抓起了慕天的手臂，慕天觉得自己又被那股力量从这个场景中推了出来。慕天一身冷汗，大喘着气，凌在一旁拍着慕天的肩膀："你进入了梦境，你的一切就都彻底展现在别人面前。"

"但我不想把可心也扯进来！这一切与她无关。"

"哦？是吗？你所经历的一切都已经随着央河分支传送到了央河的源头，你就不想知道是为什么？你曾经为了莫须有的原因在梦里出生入死，你就不想知道为什么？"

"那些精英们是不是也像我一样信息透明啊？"

"你看到过那些无法触碰的晶体吗？那些应该是无法被破译的。"

"那他们是怎么做到的？"

"我不是都跟你说过？这一些梦里的形式都是一种表象，小梦境的存在形式可以是一个晶体，也可以是一张桌子一把椅子，你明白吗？那些人虽与你同在这个梦境，但是人家的级别不同，接入方式不同，所以在这个梦境中的设定也是不同的。网络游戏，你玩过没有？"

慕天依旧是稀里糊涂的，但是他渐渐明白了凌的担忧和他想做的事。

慕天不再生气了，他问着凌："凌，你是怎么做到把我带入那个小梦境的？你又是怎么发现你刚才所说的？"

凌苦笑道："在你不在的这段时间，我试着去触碰这附近的发光晶体，经历了很多，直到有一次一个人把我从小梦境里推出来，他也从里面出来，抓住我的手进入了我的小梦境。我看到了我曾经记忆中最珍贵的片段场景，我甚至无法自拔，最后那个家伙把我带出了我的小梦境，然后嘲笑了我一番，并且拍了拍我的脑袋，无形中产生了一块小晶体。他告诉我，让我在自己曾经的梦里玩，不要再去搅扰别人。这我才知道，原来这里不仅能实现现实中无法实现的，也能回忆过去。"说着凌拿出了藏在口袋中的那一小块晶体，晶莹剔透的表面，映射着一个小孩儿在父母陪伴下玩耍的影像。

"这太美好了不是吗？"

"此话怎讲？"

"那你的存在即使在梦里，你也和生活在现实中一样，甚至能重新体验曾经梦中的场景，这不好吗？"

"就如我最初说的，万一有一天，你无法分辨现实与梦境了，你迷失在这里，你怎么办？"

"这就跟玩游戏上瘾一样吧，应该没事的。"

"那如果你一切的信息都在梦里被别人看着，听着，那每个人还有何隐私可言？为什么所有的国家都在研究发展这梦境，为什么梦境中会有军事冲突？"

慕天看着忧心忡忡的凌："好啦，我们去央河源头看看就好啦！我陪着你。"

凌腼腆地笑笑，有点患得患失地小声嘀咕道："如果有一天，梦境不存在了，我至少还能活在你的记忆里……"凌说完，就带着慕天继续前行了。

凌和慕天继续向前走着，软软的草地逐渐消失，慕天觉得自己的脚下开始有散碎的晶体，每一步走下去总能听到晶体被踩碎的声音。慕天看着地上越来越多的碎晶体，问凌："这都是什么东西啊，硌脚啊！”

凌蹲下来拿起一块碎晶体，从晶体的表面，能看到一个小男孩儿正和他的朋友们玩耍。凌皱起了眉头："这是……一个小男孩儿的梦！？"

远方传来了敲打声，凌和慕天走过去，只见许多身着统一蓝色制服的工人正在用手里的锤子敲砸着空中悬浮的发光晶体。

慕天走过去，其中一个人发现了他，大声叫嚷着："你们是什么人！"此时，不知从何处冒出几个荷枪实弹的士兵，拿枪指着慕天和凌。

"我们是守门人的朋友，我们只是游客！"凌说。

士兵半信半疑地问："看你们这样子，也不像别国的人，你们快走吧！"

"好的，我们这就走。"慕天似乎还不死心，望着离他们最近的一个工人问："小哥，你们这是在干什么？"

那个小哥不耐烦地说："我们在把普通梦神梦境的晶体敲碎，统一管理并再分配，懂吗？"他又指了指面前的一块晶体，"如果这是你的梦境，那我这一敲，你这段梦就消失了，要是这是你全部的梦境晶体，可能就被这梦境永远清除了，除非被管理人员统一再分配梦境的空间给你，知道了吗？"他狠狠地挥着锤子，晶体碎了，只见不远处一个工人大叫一声，就消失了。小哥耸耸肩，"这种事时有发生。"

"快走！"士兵催促着。

慕天和凌急忙离开了。凌小声说道："看来这梦境的资源是有限的，你多一点儿，别人就少一点儿。"

两人刚被赶走没多远，只见所有的工人都迅速地向他们的方向撤退过来。慕天大声问着："怎么啦？"

只听见有人说："快跑吧，敌人的雇佣兵来了！这里还是交给当兵的吧。"

只见刚才的几个士兵聚拢在一起，拿起手中的武器，严阵以待。突然，敌人从四面八方冒出来。有一个敌人摆出拉弓的姿势，便有几支箭射了出来；还有几个敌人只是一瞬就移动到了士兵们旁边；还有一个敌人带着几条狼狗，狼狗朝着士兵们径直冲过去；而远处，最后一个敌人在双手间慢慢聚集着一个能量球，又把能量球重重地抛了过来。

几声巨响后，本以为那几个士兵铁定被击败的慕天，却看到士兵们完好无损地站在那里，身体周围像是出现了一层透明的保护罩，他们举起枪，对着敌人一顿扫射，所有敌人应声倒地，缓缓消失，在各自倒下的地方都留下了一块块晶体。

"不自量力的家伙。"那些工人们又回到了自己的工作岗位上若无其事地工作着。

凌和慕天傻傻地看着眼前的一幕。凌又转向慕天："我想你说的金手将军就是想把你们训练成雇佣兵吧！"慕天苦笑了一下，没有说话。

凌继续说："这只是一次小冲突，希望我们不要赶上国家与国家之间的冲突，这些士兵之间的冲突，估计是很可怕的。"慕天点了点头，和凌快速离开了那里。

　　慕天边走边无奈地叨咕着："你说原始社会的人类，每天捕猎为生，保护家人，随遇而安。不用担心什么前途，目标只要让家族壮大，过得舒服。而现在，就算你是个身体健康的人，走在繁华的城市里，却怎么也无法过得舒服。"

　　凌倒是很不屑地问："你说的舒服是什么？是出身吗？这个世界本来就是不公平的，你说猪牛羊为什么要让人吃？"

　　慕天反驳道："可是这里呢？这里是我的梦境，现在都要被别人逼得躲躲藏藏，还要对管理者言听计从！"

　　凌笑笑："我纠正一下，这里是你曾经的梦境，现在属于全人类。"

　　"我就不明白了，既然我的梦境属于全人类，那我为什么不能在这个世界里过得舒坦？"

　　"舒坦？我是该说你天真可爱，还是该说你愚笨呆傻？你听着，假如全人类有十万平方米土地，你原本有一平方米。那么你是愿意有这一平方米土地的百分之百，还是这十万平方米的十万分之一？"

　　"有什么区别吗？"

　　"一平方米的百分之百，你可以对这块土地随意处置。但是十万平方米的十万分之一，你虽然名义上拥有所有土地，但是你对这土地的支配能力只有十万分之一，可以这么说，这所有的土地都是你的，但是又几乎都不是你的了。"

　　"那这些土地的支配权在谁手里？"

　　凌笑笑，没有回答。

　　慕天叹了口气："现实中无能为力，在梦境里也是这么渺小。"

凌拍了拍慕天的肩膀："这就是人生，认、忍、韧、仁，懂吗？"

慕天有点无奈地说："其实我现在才理解什么叫难得糊涂。如果我不去想，不试着去理解这个世界，也许我就不会有这么多苦恼了。"

"那样的人生多无趣啊！"凌指了指前方。满是晶体的土地到头了，他们面前出现了一片大海，清澈的海面下能清晰地看见海底。

慕天不由自主地向海边走去，凌却很警觉地站在原地四下打探。马上就走到海水跟前的时候，慕天觉察到触碰了一层透明的薄膜，一切还是照常，一样的景色一样的风景，但是当慕天想转身向后走的时候，却发现自己被一层透明的东西挡住了。慕天拼命地拍打着，但是就像一块无限大的玻璃，他却再也回不去了。

这时，一个身着军装的老人出现，金色的手臂格外显眼。"我果然没有看错你，你还真的能误打误撞来到了这里。"

"金手将军！我发现我回不去了！"慕天惊慌失措。

金手看着还站在薄膜外的凌，冲他招招手："你也可以走进来。"

凌一动不动地站在这个小世界外。

金手严肃地看着他们俩："这里不是你们俩应该进来的，你们本应该在守门人那里就停下来，去做我们国家的士兵。而你们进到了央河的源头，严重威胁到了联合梦境的安全，就要承受梦境与现实隔阂的惩罚！"

慕天着急地问："你什么意思？"

金手靠近慕天，低声地说："你将再也无法从这梦境里醒来了。这里将会成为你梦境的监狱！"他转向凌："你可以去现实中接替杨慕天的身体，这不是你一直在寻求的机会吗？"

凌站在那里，静静地看着懊悔的慕天和得意的金手。

慕天痛哭着大喊："为什么？"

金手耸耸肩："这是法律！"

一切似乎都无法挽回了。慕天瘫坐在地上，不禁流下了眼泪。大概几分钟过去了。凌依然静静地站着，突然他平静地开口："我可以替他接受惩罚吗？"

这出乎了慕天和金手的意料。看着凌坚毅的眼神，金手冲他招招手，凌走进这小世界的一瞬，金手把慕天推了出去。

凌没有回头，淡淡地说了一句："慕天，你又欠我一份人情！"

慕天热泪盈眶，说不出话来。凌依旧是淡淡地笑了笑："我本就是不存在的人，早就被囚禁在这梦境里，现在能在梦境中找到自己的位置，也是好事！"

金手冷漠地说了声："好了，也不能让你白白在这儿待着，我带你去宪兵队吧，正好那缺人手。"他接着看了眼慕天："你很幸运，因为凌顶替了你的位置，现在我也没有心思再管你了，又因为你看起来一切都是合法的，也没必要将你剔除出梦境，那么你好自为之吧！"说完，就引领着凌朝旁边的一处建筑里走去。

十四、梦境仕途

慕天真的成了无人管理的人，他可以去除了央河源头的任何地方。但是他又无法控制这个梦境里的任何事物，因为这里的一切都不属于他。他很迷茫地坐在地上，自己认为很重要的同伴都离他而去，现在只剩下了自己。"不对，"慕天忽然想起，"还有公孙华。"他要回去找公孙华，现在这个梦境里只有公孙华是离他最近的熟人了。

慕天开始慢慢向回走，边走边琢磨，想捋清到目前为止发生的一切。

来时的路很长，回去的路却很快，慕天又看到了接天的草地，还有漫天发光的水晶。那些晶体时而出现，时而消失，美丽但触碰不得。

突然，天空中出现了一颗巨大的晶体，巨大得能让慕天远远看到这小梦境里的景象。慕天看见里面层层叠叠的会议大厅，而有个人正要上台讲话，那个矮胖的身影慕天绝对不会记错，肯定是公孙华。只见公孙华一本正经地在台上讲着什么，台下的人传来阵阵掌声。

慕天越来越觉得不对劲。等了很久，那颗水晶消失了，说明这小梦境结束了。慕天急忙开始四处寻找着公孙华。这时只见守门人和公孙华勾肩搭背地向他走过来，边说边笑。慕天喊了一声，向他们跑过去。

"我说慕天，你怎么回来啦？凌呢？"公孙华身着笔挺的西装，惊奇地问。

"说来话长，凌被金手带走了。"

"你们见到金手将军了？看来你们还真是快到源头了。"

慕天看着守门人："你知道那里是不能进的？"

"我知道，所以不是劝过你们了吗？"守门人轻蔑地说。

"别说那么多了，我们刚才参加了守门人国际会议，我还上台演讲了呢！"公孙华接过话茬。

"我都看见啦！真搞不懂他们为什么要给你鼓掌，你只会说大话！"慕天鄙视地说。

"此言差矣，我提议加强国际间的梦境合作，守门人这么无聊的活，应该让国际守门人联合起来，成立一个国际守门人委员会，为所有守门人争取权益，加强国际间合作。"公孙华说。

"然后呢！"慕天问。

"大家当然都同意啦！"公孙华骄傲地说。

"所以只要等所有国家的梦境负责人批准，我们守门人的地位就可以得到认可和提高啦！"守门人附和道。

"那你们认为他们批准的概率是多少？百分之五十？"慕天问。

"不到百分之一。"公孙华说。

"那你们高兴什么劲？"

"人生就该高高兴兴的不是吗？"守门人说完，就继续和公孙华搂肩搭背的，手里举着酒杯，高声歌唱，尽显今朝有酒今朝醉的状态。

慕天叹了口气，也只得默默跟在他们后面，回到了守门人的办公室。

公孙华和守门人从桌下拿出啤酒，不一会儿就喝醉了。守门人震天的呼噜声让慕天很不舒服。但是公孙华从醉酒的状态突然转变过来："慕天，我跟你说说我的发现吧！"

"你还真是千杯不醉啊！"见到突然清醒的公孙华，慕天很是意外。

"那是，我已经跟许多梦境的守门人打成一团了，并得到了很多内部消息。"

慕天竖起了耳朵，听着公孙华细细道来："你们这些有着梦境天赋的人被称为梦神，你们有着天赋却未被批准，就会先被派遣到巨石场，巨石场是一个神秘的梦神训练组织，通过发掘潜力和训练，让你们通过残酷的方式，决出一些优秀的人来到这里——梦境真正的中心，做这些被批准进入梦境人员的保卫。这里的一切都已经十分成熟了。但是由于梦境资源是有限的，所以看似和平的梦境世界实际上充满了梦境资源抢夺的战争。"

"那之前的梦境中心外面的那些门呢？"

"嗨，那都是连通普通人梦境的门，那些人根本不值得这些管理者涉足，他们的梦境也进不了他们的眼。普通人的梦境资源形成的晶体大小，连一粒微尘都不如。明白了吗？只有这里，才是梦境世界！"

"莫名其妙，难道连梦都要分三六九等吗？"慕天生气地反问。

"你笨啊，这样不也挺好，起码最普通的人还是有自己的梦境的。否则都像我们这样，说不定哪天自己的梦境就被统一规划，进入梦境还得批准。你等一下。"公孙华说着，从口袋里拿出两枚徽章，样子十分精致，是月牙的图形，金灿灿的，"我为咱们俩争取到了国际梦境委员会旁听的名额。"

慕天拿到手里："这个倒是很漂亮，不过有什么用？"

"你随我去听听不就知道了？"

这徽章开始变得一闪一闪的，公孙急忙让慕天戴好，自己也整理了下西装："会议要开始咯。"慕天感到一阵眩晕，睁开眼，自己已经坐在一个圆形会议室的最后一排。这会议室没有门，但是座无虚席，所有人都嘻嘻哈哈的，但是从衣着和谈论的事情就能看出非富即贵。

公孙华开始和身旁的一位大叔谈论起自己家的企业，而慕天则傻傻的不知所措。这时，圆形会议厅的中央演讲区出现一个人，那个人敲了一下铃，会场瞬间就安静了下来。那个人戴着古怪的皮帽子，一身讲究的衣服和他花白的头发、长长的白胡须十分显眼。他从自己的长袍中拿出演讲稿和眼镜，看了看之后又把眼镜摘掉，手中的演讲稿也被他一团扔到身后，此时会场里传来了零星的笑声。那个人以洪亮的声音开始讲话："没什么好讲的，大家都过得还好吧！"说完整个会场响起了阵阵笑声。

在圆形会场的第一排，只零零散散地坐着十一个人，其中一个人就是金手。金手拍了下桌子，会场又重回安静："我说白胡子，你把我们召集起来就是为了说这些吗？"

白胡子站在中央："金手将军，我们的巡查队最近发现你们在招募雇佣兵和宪兵。不知道你们在准备些什么啊！"

金手笑里藏刀地同样质着问白胡子："我听说你们和红发他们最近资源争夺得很激烈呀！"

金手旁边的一个满头红发的中年男人没好气地大声喊道："白胡子，你们太贪心了，究竟还想抢我们多少资源！？"

白胡子和红发开始在会场里相互指责，吵了起来。他们各自身后的人也开始相互吵嚷。

慕天有些疑惑地问着公孙华："这些人不是国际梦境委员会的吗？不是应该很正式吗？这是什么！"

公孙华把慕天拉近，低声说："这里第一排的每一个人都是一个现实几个国家集团的梦境管理者代表，由于梦境的联合应用刚起步不久，所以这里不同于现实中的国家管理，但是和联合国也差不多。委员会还不允许梦境里国家使用自己现实中国家的名字进行划界，所以到目前为止，梦境还以代理人的方式进行划片管理，但是没有制衡，就会有冲突，这战争已经打了有一阵子了，估计还得永远打下去。"

"也就是说，现在所有人类连通的梦境属于这第一排的十二个人管理？"

"他们身后有个自己国家集团的管理团队，他们只是代理人。所以实际上梦境里还是被大国瓜分着。懂了吧。而且一般没有科技实力的国家也无法撑起如此庞大的梦境支持系统啊！"

慕天点了点头，继续旁听着这混乱的会议。

陆陆续续地，第一排坐着的其他几个人也参与进了争论，会议现场几近失控。公孙华拉着慕天："我想咱们可以离开了，因为马上就要投票咯，咱们最好还是先溜。"两个人悄悄地摸了下徽章，就消失在会场中。

慕天和公孙华又回到了守门人的办公室，公孙华引领着慕天走出办公楼，穿过茂密的森林，突然一片豁然开朗，他们看到一片科技感十足的建筑群，每栋楼都不是很高，六七层的样子，都有流线型的外观和银色的外墙。慕天跟着公孙华走到一栋楼前，没有大门。只见公孙华用手指摸了摸自己的太阳穴，又把手指放在墙壁上。墙壁自动形成了一个门。进到建筑里，慕天看到里面人头攒动，不大的地方至少聚集了几千人。

"我以为这里没有多少人的！"慕天惊讶地说。

"刚开始我也这么以为，但是你想想看，每天有那么多申请进入梦境的人，他们的身份审核，他们在梦境里的监管授权，那不得需要很多管理人员吗？这里就是咱们所属梦境地域的管理部门。"公孙华边说边带着慕天穿过排队的人群向二楼走去。这一路上，不停有人跟公孙华打着招呼。

"你混得很不错嘛！这里的人你都熟？"慕天羡慕地看着公孙华。

公孙华小声跟慕天说："我也是刚来，我把你之前的经历都变成是我自己的经历和他们说了，他们别提多崇拜我了。"

他们穿过巨大的一楼办事大厅，来到电梯处，这电梯那么长，让慕天不禁以为他们要去五六楼的样子。"这是去往二楼的电梯。"公孙华一路跟慕天讲解着这楼里面的布局和每个房间的职能。

最后他们来到二楼的一个房间，公孙华只要一靠近，这墙壁就自动打开形成一扇门。"这里过几天就会正式成为我们守门人的新办公室。"慕天跟着进来，看到一个从未见过的守门人正仔细地盯着他面前的监视器，监视着巨石壁外面的一举一动。

慕天和这一位守门人打了招呼，便跟着公孙华坐在了公孙华的工位上。"咱们现在要干什么？"慕天问。

"当然是看着监视器，等待着天亮啦！"公孙华边说着，边舒服地窝在了自己的沙发座椅上。

"你这也太无聊了吧！"

"你懂什么，等再过一阵子，我有可能被调往其他岗位，以后说不定就是梦境的管理层了。"

"在现实中也不见你这么用心。"

"那能一样吗？学校里的课程都是书本。这可是实实在在的工作。"

"那你的工资呢？"

"我能进到这里，有权限进入你们进不来的梦境管理区域，这就是我的回报。"

慕天静静地陪着公孙华待了一夜。天亮了，慕天睁开双眼，看着洗漱动作利落、准备抄作业的公孙华，叹了口气，慕天突然觉得曾经充满挑战和惊喜的梦境，现在也变得和现实一样无趣和冗长了。慕天揉了揉眼睛，也准备去开启新的一天了。

熬到中午下课了，公孙华急忙要回宿舍补个午觉，慕天心里知道公孙华不过是想去梦境里转一转。慕天拖拖拉拉地最后几个才离开教室，在门口遇到紫罗兰，紫罗兰问他："最近怎么样？梦境还太平吗？"

"太平得有些过头了。"

"是吗？那是好事。我间接听到好像公孙华在那边混得不错。真羡慕他，要是我们当时能熬过那一段时期就好了。"

"你们这么想？好吧，他的确挺厉害的。"

"等有机会让他带我们也去看看。"

慕天笑了笑，和紫罗兰分别了。其实现在的慕天，对梦境的感觉，早已没有了当初那种激情，但是他无法放弃梦境，他隐约觉得，还有什么事在等他，但是肯定不是像公孙华一样乏味的梦境生活。

十五、迷惘与挣扎

　　慕天觉得公孙华突然"勤奋"了许多，以往每天晚上都出去彻夜狂欢的夜猫子，现在每天早早便上床睡觉了。

　　慕天晚上睡觉前都会和可心在网上聊聊天。这一晚，慕天突发奇想，想到梦境里去看看以前的朋友们，也想去可心的梦里看看她。于是和可心说要给她个惊喜，约定两人各自早早睡觉。

　　慕天洗漱完毕躺在床上，累了一天的他很快便入睡了。慕天合上双眼，睁开双眼，他站在梦境中心的楼群面前，身边形形色色的人擦身而过。他走进了公孙华的办公室，"公孙华，我想去找肥仔他们。"

　　公孙华惊讶地站了起来："你知道我们来到这里是多么不容易吗？你这就要离开？"

　　"我很想他们，而且我也想去看看可心。"

　　"这倒是一句实话。好吧，那我也不留你了。走，我送你出去。"公孙华说着把慕天推搡出了门外，一旁的那个邋遢的守门人还在熟睡。

　　公孙华带着慕天走向巨石壁，慕天觉得已经走了好久，"我怎么觉得来时走的路远了很多？"

"因为梦境中心在变大。"

"变大？"

"总有一天，那些荒野之地都会被吞噬掉。"

"那不能进入梦境中心的人的梦境空间呢？"

"你不是看到了，他们可以来申请，再说了，他们的梦境属于全人类。"

慕天摇了摇头。公孙华手里握着什么东西，放到了慕天的口袋："这个可以让你回到这里。再见了，慕天。"说着公孙华推了慕天一下，慕天向后一倒，就站在了巨石壁外面，面前是那片央河的瀑布。

慕天摸了摸口袋，里面是一块古铜质的徽章，圆形的表面已经布满铜臭，上面鹰的图案却闪闪发亮。慕天望了望巨石壁，默念了声再见。一阵风吹来，他只是轻轻闭上双眼，身体便像薄雾随风而散，向着梦境的边缘飘去。梦境中心在不断扩大，但是整个梦境的大小却变化不大，慕天很快就来到了小甜的村庄。这里的许多门都被不同程度地破坏了，慕天走到那扇他再熟悉不过的门，门依旧是虚掩的。他打开门走进可心的梦里。梦里的可心依旧是无忧无虑地荡着秋千。当可心见到慕天时惊喜地大叫一声，然后向他跑过来，扑到慕天怀里。慕天也十分高兴地抱着可心转了一圈又一圈。

"这就是你说的惊喜呀！"可心开心地问。

"是啊，喜欢吗？"慕天有点害羞地说。

"太喜欢了，前阵子我总是梦到一些诡异的人，导致我总是特别害怕做梦。现在不怕啦，有你在了。"

"诡异的人！"慕天心里琢磨着，总是有种莫名的担心。但是现在至少他可以守在可心的梦里，保护她。

他们两个人躺在可心的梦里，开心地聊天。过了很久，慕天记起自己还要去找小甜他们，就告别了可心。

"你明天还回来吗？"可心恋恋不舍地问。

"肯定会来的，你放心。"慕天说完，走出了可心梦境的大门。没走多远，可能是可心梦醒了，她的那扇门缓缓消失。慕天找到兜里之前与小甜他们在一起时的徽章。他轻轻触碰，又一阵眩晕，待他睁开眼，他看到了一片军营。

慕天还没缓过神来，本来以为要和小甜、龟强、肥仔团聚的慕天就被左右两把镰刀倚住了脖子。

"你是什么人？"慕天身旁一个蒙着面、穿着军装的人恶狠狠地说。

"别误会，镰刀，那是我的朋友。"旁边传来了熟悉的声音。只见熟悉的三个身影飞快地从一处营帐里跑过来。肥仔把镰刀推开，龟强和小甜更是拥抱着慕天不肯撒手。

"你们怎么在这，这是怎么回事？"慕天惊讶地看着身着绿色军装的三个人。

肥仔示意大家散去，本来聚拢过来的人群便散开了，回到各自的营帐。镰刀走过来："不好意思，我不知道是朋友。"

"没关系。"

"我跟你说慕天，这里都是只能待在梦境边缘的梦神，和像镰刀一样被从梦境中心赶出来的梦神。这片属于我们的地方正在逐渐变小。听镰刀说，我们最后会被一堵高墙挡在梦境中心之外，最后掉入那深渊峡谷，梦境会被中心的人完全占有。我们不服，决定要奋起反抗。"小甜慷慨激昂地说。

慕天看了看镰刀:"你既然是进入过梦境中心的人,那你想必也应该知道梦境里各国的军队士兵都是些怎样厉害的人物。你们这样无异于送死啊!"

镰刀顿时脾气爆棚:"就算他们有先进的梦境能力和武器,就算我们牺牲,那又怎么样?我们要争取属于我们的梦境。如果无法争取,还不如永远消失在这梦里。反正都是失去自己的梦,争取一下有何不可?"

慕天一时无言以对。"好啦好啦,慕天也是刚来到我们这边,他肯定是来帮我们的,对吗?"小甜打着圆场。

慕天沉默了一下,看着三人期盼的眼神,只好无奈地说:"我当然是来帮你们的。"

小甜三人带着慕天高高兴兴地回到了他们的营帐,可是慕天心里却百感交集。龟强应该是这群人里面的一个小领袖,营帐的中央摆着一张很大的木桌,桌子上铺着梦境的全景地图。他向慕天介绍着梦境中心现在的扩张情况,和他们人手的征集情况。通过龟强的介绍,慕天知道了,在圆形巨石壁外的偏远地区正在快速缩小,梦境中心被越来越多的人涌入,其中许多人占有了几十甚至几百个人的梦境资源。他们已经召集所有梦境边缘的梦神来到他们的驻扎地,准备在人手差不多的时候,从梦境中心巨石壁外的三处同时进攻。

慕天仔细看了看地图,公孙华所在的地方就是被攻击的地点之一。"我该怎么做?我该怎么办?"慕天陷入无限的纠结中。天要亮了,慕天依依不舍地和三人告别,睁开双眼,慕天又看到寝室的天花板。他多么希望从来都没有进入过梦境，从来不认识要成为敌人的朋友们。

慕天看着打着呼噜的公孙华，不知道怎么去面对他，慕天想赶快离开寝室。但是公孙华就在这时被闹钟叫醒："哟，慕天，等我，咱们去吃早饭啊！"还没等公孙华起身，慕天就匆匆忙忙穿好衣服，夺门而出："我有事，先走啦！"

"莫名其妙。"公孙华揉了揉惺忪的睡眼，慢慢地起身洗漱了。

在教室里，慕天真希望公孙华依旧是逃课，但是逐渐进入期末，公孙华上课的频率也越发高了。

公孙华挨着慕天坐了下来，抓了抓自己的啤酒肚："你呀，肯定是有事瞒我。"慕天涨红了脸，当他想辩驳时，转过头看到的又是昏睡着的公孙华。

"朋友，敌人，朋友……"慕天心里嘀咕着。

到了晚上，慕天照常与可心在电脑上聊天，说了说自己的顾虑："我的两伙朋友要是成为敌人了，我该支持谁？"

"让你的心做决定啊！不要让别人左右你的决定，否则你会后悔的！"

慕天心想："是啊，不是我该支持谁，应该是我想支持谁。可是……"

和可心聊天的时光很愉快，一晃就快到午夜了。慕天躺在床上，自己反复琢磨着："我自己的决定，我的想法……"

慕天合上双眼，睁开双眸。龟强他们正整理着自己的军装。"你们这是？"慕天问。

龟强把自己装好军衔的军装给慕天看了看，骄傲溢于言表。小甜满怀歉意地说："他们说必须要进行投票才能决定这里每个人的职位，所以慕天，你现在还没有军衔。"

慕天接过小甜递过来的军装，笑了笑："没事，我很喜欢你们的军装。"慕天看着胸前的一只白鸽徽章，闪闪发亮。肥仔很自豪地说："这是我们的创意，象征着自由。"

"很漂亮。"慕天把军装放到一边，"可是我想跟你们说，我不准备参加你们的军队。"

他们三人一下子愣住了。龟强摇了摇头，走出了营帐。肥仔看着离开的龟强，又转过身对小甜说："小甜，我早就跟你们说过了，慕天是不会同意我们的做法的。"

小甜凑过来："慕天，我们知道……公孙华在梦境中心做事。但是我们想让你知道的是，他们是错误的。"

"那你们发动战争就是对的吗？"

肥仔说："我们没得选，我们想要拥有自己的梦境有错吗？"

"那就没有和平的方法了吗？"慕天反驳道。

"你以为我们没有谈判吗？"

"结果呢？"

肥仔带着慕天走出营帐，看着营帐很远处有一片硕大的太阳花海。"那里有一个小女孩儿，她会为每一个逝去的战士流一滴眼泪，每滴眼泪都会长成一朵太阳花。"

慕天放眼望去，接天的金色太阳花如金色的海浪，美丽得令人心碎。慕天低下头没有说话。肥仔跟慕天说："慕天，我们知道你的担忧，但是和平是无法带来和平的。你可以去尝试，无论你做什么样的决定，我们都不会怪你。"

慕天刚要与龟强三个人告别，有一小队人回到营地，高声喊着："石壁又扩张了！大家注意！"慕天抬头望向天边，隐约可以看到巨石壁的顶了。

"慕天，我们要出发去与其他部分的战士集合了，你多保重，如果想通了就回来找我们。"小甜把原本给慕天的军装上的白鸽徽章摘了下来，交到了慕天手里。

慕天告别了这小小的军营，到了一处无人的地方，拿出了公孙华给他的铜质徽章。轻轻一摸，慕天就被一股强大的力量拖走。当他再睁开眼睛，他没有在梦境中心处，而是在石壁外面央河的河岸上。"这是怎么回事？"慕天心想。他还没缓过神来，就感觉自己脚下的大地正不停地震动。央河的河水开始没过慕天的双脚，他面前的石壁真的向他靠拢过来，慕天开始拼命向外逃，可是石壁扩张的速度实在是太快了，河水很快就没过了慕天头顶，不会游泳的慕天下意识地用狗刨游着。就在石壁即将撞倒慕天的时候，石壁停了下来。

"慕天？你怎么在这！"慕天一听，是公孙华的声音。

"我来找你，可是你给的徽章不好用啊！"慕天用尽最后的力气回答道。

这时开始有杂七杂八的声音传来："这是怎么回事？""这是我的朋友。""朋友也不能耽误咱们工作啊！""是是是，我这就把他捞上来。""让他快点去提申请！"

慕天被一股央河的河水推举到石壁顶端，他看到了公孙华和其他许多衣着正式的人。慕天被公孙华拽着离开人群。

"慕天啊，不好意思，我这个级别现在已经不能为你提供进入的权利了，你得向梦境中心提出申请。"

慕天强挣脱公孙华的手臂："你们在干什么？为什么要不停地扩张！"

"你也看到啦！梦境中心就这么大。"

"可是小甜他们还在石壁外！"

"他们也可以向梦境中心提出申请，只不过像他们那种身份通过的概率会低一点。"

"那他们怎么办！"

"我无能为力。"

"你怎么这样！难道就非要把他们的梦也剥夺吗？"

公孙突然一反刚才的好脾气："我告诉你杨慕天，不要用什么道德压制我，我是把你当朋友才把你带来梦境中心的，让你也能像那些有资格的人一样来申请。这梦境的扩张不是你能决定的，更不是我，就算有人反对这一切都会照常进行下去。至于你那些朋友我很遗憾。所以你要么现在去申请，要么就永远离开梦境中心。懂吗？我要去工作了！"说完公孙华扬长而去。

慕天留在原地，衣服还是湿湿的，心里无比难受。

慕天知道公孙华也是为自己好，因为梦境的统一管理和联合化是大势所趋，可能以后这联合在一体的梦境会对所有普通人开放，这样一来，所有人就有了自己的另一个空间和生命。慕天走到公孙华所在的办公楼，里面人山人海的。慕天看着每个人手里都拿着厚厚的材料和申请单，他便到接待处询问到哪里去拿申请单。接待人员瞟了慕天一眼，没有说话，从材料盒里拿出了一张申请单，拿起笔准备帮慕天填写。

"姓名……目前职业……"接待的人是个十分漂亮的小姑娘，但是态度并不好，对慕天很不耐烦。慕天一一告诉她。

"介绍人！"小姑娘没耐心地说了句，见慕天愣在那里，便又大声地问了句："介绍人！"

慕天想了想："公孙华，是他叫我来这里的。"

一听到这，小姑娘的态度立马大转变，声音突然温和了不少，甚至变得甜美了许多："您是说梦境出入境管理部的公孙先生吧！您怎么不早说！"小姑娘洋洋洒洒很快便将慕天的申请表填好了，最后温柔地叮嘱了下慕天："提醒您一下，最后您还需要公孙华先生的推荐信以证实他推荐您进入梦境的真实性。"慕天告别了不停向他微笑的接待员，心想没想到公孙华在梦境中心还是有点影响力的。

因为公孙华还在工作，慕天便不得不坐在等候的座位上等着公孙华回来。他旁边坐着一对母女，母亲对着年纪还小的女儿说："一会儿评审委员会会向你提问，你就如实说咱们家的情况，如果他们要问咱们是否准备好入梦保证金，你就说准备好了。如果教育专员向你问问题，你就按照这上面的答案对答，明白了吗？"女儿点了点头，拿着资料开始背诵，背着背着，女儿突然问："妈妈，我们为什么要花那么多钱来这？"母亲告诉她："能进入梦境中心，你就能接受最好的教育，如果有机会，你还能成为梦境永久居民，可以享受全世界最好的医疗，也能接触到平常接触不到的上层社会，明白了吗？快背吧。现在光是家里资产多都已经很难获得进入梦境的资格了。"

慕天正听着母女俩的对话，办公大厅的屏幕上开始播报梦境新闻。一队梦境中心的管理人员正对石壁以外的边缘区域进行清理。慕天看着画面，觉得十分熟悉，突然他恍然大悟，这就是可心的梦境入口！新闻广播着："今日，梦境中心管理部门依照规定对边远地区不符合规定的梦境连接点进行了清除，保障了梦境中心居民的权益，也更好地规避了非受批梦神人员和非梦境申请人员的梦境连接进入风险。除此处梦境接入点之外，今天还将对类似的十处进行全部清理。"慕天愣在那里，他心里全部想的都是可心。这时，公孙华和其他的工作人员高高兴兴地从楼外回来，接待员告诉公孙华有人在等他，公孙华环顾了下四周，看到是慕天更是欣喜，他向慕天边打招呼边走过来。慕天盯着屏幕没有回应，手中的申请单从他的手间滑落。公孙华走过去，把申请单从地上捡起来，刚要说话。慕天也不理公孙华，迈开腿就向外跑。

公孙华问："你要去干嘛！"

慕天头也不回地说："我要去找可心。"

公孙华这才看见新闻屏幕里播报的内容，冲着慕天喊："太晚啦！"

慕天停了下，哽咽地说："不晚！"说完就冲出了办公大厅。

慕天心急地不知所措，他跑到门外一个身着警卫服的人身边，慌忙地问要如何离开梦境中心。那警卫狐疑地看着慕天，当慕天再次歇斯底里抓起警卫的手臂喊叫时，警卫拿起手中的警棍用力打到了慕天的肚子，慕天感觉到自己被打得向后仰去。待他肚子的疼痛缓解了，他睁开眼，已然在石壁外了。他无法顾及身体的伤痛，只觉得身体一轻，如烟雾般随风飘去，他身边的一切都变得模糊，因为他已经越飘越快了，他在梦境里唯一的本领现在尽显无疑。慕天不停地告诉自己，快了，自己很快就能到可心的梦境入口了。在那么熟悉的地方，慕天缓缓聚拢成形，眼前是一片荒地，荒芜到要不是慕天曾经来过，绝不相信这里曾经布满着成千上万的梦境入口。

慕天向前走着，脚下不时地能踩到散碎的小木屑，他走到可心那扇门之前的位置，现在那里竖着一块一人多高的牌子，上面写着"第六梦境入口区清理完毕"，署名是梦境中心管理处。慕天不屑地哼了一声，心想："梦境中心管理处管得到梦境边缘的地方？真是好笑。"

慕天不知现在该做什么，他拿出口袋里的两枚徽章，一个是公孙华给他的青铜鹰徽章，现在已经没什么用了。另一个是小甜军队的白鸽徽章。慕天拿在手里看了看，不知是慕天故意的还是无心，都掉落到了地上，消失不见了。

慕天坐在地上，摸着系在胸口处的月瓶，里面还有小屁孩儿梦境地图的晶体。慕天打开月瓶的瓶塞，从瓶口处飘散出的地图上，慕天所到之处都已经显现出来。地图最边缘的巨石场现在应该又在训练新人了吧？刚才来这儿的一路上，慕天看到了几个小队在厮杀。慕天所在的位置离巨石场不远，而梦境中心的边缘却在不断扩大，慕天甚至能在地图上看出石壁的形状在逐渐向外扩张，梦境边缘的区域已经越来越小了。可是地图上梦境中心正中央很小的一块依旧是没有显现出来，慕天知道，那里就是他和凌分别的地方。慕天心里无奈地想着："我就是一个被人利用的普通人，现在能做什么呢？我不想像公孙华一样到梦境中心去重复现实的烦琐，帮着一群人去侵占另一群人梦境的权利。而我也不想像小甜他们一样去战斗，因为这样的战斗和牺牲毫无意义，他们的斗争方式有问题……我本来就是想在自己的梦里成为自己想成为的人，做自己想做的事，曾经美好的梦怎么变成了现在这个样子？！"一阵微风吹过，慕天梦境中曾经一头乌黑的秀发瞬间雪白，这满头的银发是那样醒目，而慕天自己却不曾发觉。

慕天觉得自己开始摇晃了，他知道枕旁的闹钟又响了，他要去听这个学期最后的一节课，然后就要进入漫长的考试周。眼看这个学期就要过去，慕天到最后却一点儿学习的动力都没有。当自己的世界面临着天翻地覆的变化，死板的书本除了能带来考试的压力，似乎什么也帮不上忙。但是慕天没有选择，他要考试，毕业，找工作。除了顺从着世界的规则，他似乎没的可选，不像公孙华这样的公子哥，就算不工作也会有享乐的生活。外面天微微亮，穿戴整齐的慕天已经出发去教室了，而公孙华还在努力地睡着。

十六、原山的计划

　　在期末紧张的课程里，来上课的人明显增多了，每学期的期末都是这样。但是公孙华一天都没有来上课。慕天也是浑浑噩噩地度过了一天，不知为何心里觉得很累。晚上回到宿舍，公孙华并没有回来，看看时间，慕天知道公孙华可能是不会回来了。躺在床上，慕天很快就睡着了。

　　慕天在梦里醒来，他已经能够清晰地看到不远处石壁的模样了，而他清楚地记得昨夜他离开的时候周围是广袤的荒地。慕天为了避免被扩张的石壁伤害，不得不向远离石壁的方向快速逃离着。凭着慕天的本事，很快就已经逃到离巨石壁很远的地方。可是慕天知道，明天当他再次进入梦境，还得像今天一样逃亡。

　　慕天偶然间看到央河的一条支流汇成了一片小湖，在这片荒地上这还是第一次看到。慕天看着湖水里晶莹闪烁的缕缕思绪，不禁蹲下来，手轻轻拂过湖水，他自言自语地说着自己的惆怅，却没注意到他每一次诉说，都会点亮一缕明亮的水纹，这绺细水逆流向上游漂去。

　　一会儿，当慕天还在滔滔不绝地诉说时，慕天手下的湖面上，央河又开始对慕天有了回应。

"你是个善良、隐忍的孩子。"央河在湖面上写道。

"是啊。"慕天看到央河的回应，并不觉得惊讶。

"正因为你的善良、隐忍，所以你现在的处境是你罪有应得。"

"怎么会？我不想有战争，希望大家和平共处，共同快乐地生活，有错吗？"

"因为你的善良，所以你选择不去看到世界的丑恶，捂着双眼告诉自己世界的美好，明知道小偷正从你的口袋里拿出你的东西，你却连告诉自己真相的勇气都没有。最后当你被掏空，你睁开眼，告诉自己小偷也有它的难处，最后还为别人的错误开脱。正是因为你的善良，所以吃亏的人是你，错也在你……"

央河的一番话，慕天竟无法反驳，他无奈地摇了摇头："那又怎么样，我能做什么？"

"梦境由四佐组成。梦境中心只是其中的一佐。另外三佐分别在梦境边缘的三处，组成一个完美的三角形。"

"你跟我说这些干嘛？"

"每一处都是由现实中一个强大的政治经济联盟支持，为了梦境的制衡，每一个联盟体存储整个梦境中一个维度的数据，从而这个梦境的三维立体才得以呈现。"水面上显现出三张布满长短各异光线的图片，其中两张都是横向的光线段，有一张是竖向的光线段。

"找到他们，我想你就知道要做什么了！"水面上最后浮现了这一句，就再也没有反应了。

慕天很好奇地看了看，刚要走，发现湖边冲刷着他脚边的湖水将三枚徽章冲上了岸，他拿起来看着这三枚徽章，上面分别写着"圣骑"、"宝华"和"青阳"。

慕天拿起"圣骑"徽章，把剩余两枚徽章放进口袋，狐疑地看着水面，心想："央河的那端是谁？为什么要告诉我这些？"慕天给自己壮了壮胆，现在的他已经没有什么害怕失去的了。轻摸了下徽章，他一阵眩晕，睁开眼，来到了一个空旷的世界，仿佛置身在宇宙中。他漂浮在这个世界里，这里很黑暗，只有无数长短不一的横线，发着不同的光。这些线段的长度不是固定不变的，而是在不停变化。慕天看到有的线段不停地变长，甚至长到慕天看不到两边的端点；而有的小线段正在不停地缩小，最后彻底消失在这世界里。

慕天在这里像游泳一样滑行前进，他不小心碰到了一根长长的光线，这光线就突然折断，碎裂后只剩下原来一半的长度，但是周围突然又多出许多多彩的小光线。这时，慕天听到有声音，"数据库出问题了！……的梦境空间突然缩小了，快去修啊！"慕天赶紧用尽自己的狗刨功力，游向一处光线稀少的地方，在黑暗中保证自己不被发现。这时，从远处游过来两个人，他们检查了这根线段，开始把周围刚生长出的小线段接在这根线段上。很快，那根线段比原来更长了，周围许多的小线段被拿来做了这根的一部分。两个人很快完成了修复，便游走了，应该是回去报告任务了吧。

慕天从黑暗处出来，开始游得很小心，他不明白自己到这样的地方来做什么，但是既然这里是如此重要的区域，而且央河想让自己来做些什么，那就一定有它的道理。

慕天发现，越是黑暗的地方，那里小的光线段越少，应该是都用来接在一根长长的光线段上了。慕天找到一根正在缩小的光线段，想用双手阻止它继续缩减，就把它的两端用力抻长。果然，这根线段因此变长了不少；同时，它周边的光线段开始缩小。

慕天知道自己现在可以在这里改变所有人在梦境中心的一维长度了，但这是零和游戏，一个变长，另一个就要变少。慕天搞明白之后无奈地摇摇头，公平哪是那么容易的。

慕天拿出月瓶，查看着月瓶中的地图，发现这里并未显示在地图上。他拼命地游向一个方向，想从这里出去。渐渐地，他看到远处有亮光。当他觉得冲破了这世界的一刹，他便像是从这个世界边缘掉出去一样，重重向下摔了下去，掉到了一条宽宽的河水中，原来这就是央河一条分支的终点。

慕天回身，发现身后是一堵暗黑色的半透明幕墙，他隐约能看到里面闪光的线条。但是无论他怎么拍打墙面，都无法再次回去，每次拍击时，都会有一个声音回响："请输入密钥！"慕天开始听到不远处传来急促的脚步声。他一边敲打墙面，一边拿出"圣骑"徽章。那墙面就像是消失了一般，他便一下子折进了那黑暗的空间。这时，在他落水的附近，出现了许多荷枪实弹的士兵。慕天躲在黑暗中，没有被他们发现。他看了看士兵的肩章，上面有一个老虎的图案，慕天又拿出"圣骑"徽章看了眼，上面虎头的图案与士兵们军装上的一致。

慕天开始缓缓地向黑暗深处隐去，因为他觉得，他已经进入了很私密的区域，如果被人发现，很可能后果不堪设想。他拿出口袋中其余的两枚徽章。看着这些徽章，他心里才明白："原来每一个徽章，就是这虚拟梦境数据库的一把密钥，只有拥有密钥的人才能进入那些区域。"慕天不能去找小甜他们，同样也无法去找公孙华了，他唯一能做的，是去另外两个梦境数据库，这也是他现在唯一想做的事。但是另外两个梦境数据库也是类似的状况。最后，慕天整理衣服时掉出了很久之前那个神秘酒吧的徽章，心想现在也只有这一个地方可去了。他拿出了酒吧的徽章。很快，当他睁开眼，他已经坐在吧台旁，周围是一堆狂欢的人。这次，好像大家都对他没有太在意，因为这次他不是之前的不速之客了。酒保过来看了看慕天，也没问他什么，就顺着吧台滑给了他一杯牛奶，转身就走了。

慕天本来心里还有些不服气，堂堂七尺男儿怎么只给自己拿牛奶呢？但是又想想，多一事不如少一事，便拿起牛奶喝了起来。因为很累，慕天一口气把一大杯牛奶喝干，他低下头，发现原来杯底压着一张纸条。

慕天环顾四周，所有人都离他很远。他把纸条拿到身边，小心地打开，上面写着："你要在他们查明你现实身份之前，到三佐去破坏这个联合梦境。"

慕天看着纸条，心想："这不会是谁的恶作剧吧！我为什么要冒着与全世界的梦境组织作对的风险帮他做这种事？莫名其妙！"慕天刚要起身，就听到了闹铃的声音。他知道，今夜的梦结束了。他睁开眼，看到公孙华很自觉地在那里抄他的作业。

"你什么时候回来的？"慕天睡眼惺忪地问。

"我昨夜请了个假，我总要先在现实中毕业吧，这大期末的，得把之前拉下的作业都补上，要不然平时成绩就完蛋啦！"公孙华头也不抬地说。

慕天从床上下来，打开自己的电脑，有一封新邮件，上面写着："我已经查明了你现实的身份，我不是坏人，只是需要你去帮我完成一些事。既然我能查到你的身份，那么你在梦境数据库的痕迹，相信不出三天，也会被他们找到。不要问我是谁，不要问他们是谁。你做的是对的事情。"慕天急忙把电脑合上。他再打开，那封电邮便不见了。

"你说有没有意思，我听说昨天梦境例会，一位负责人竟然突然变窄了，技术部门的人紧急抢修才把他恢复成原样，你说有趣不！？听说是有人潜入存储梦境数据的敏感地带。现在整个技术部门都炸锅了！"公孙华在那里边抄作业边说。

慕天越发觉得后背发凉，胆胆怯怯地问："那你们的人决定怎么处理这件事了吗？"

"听说潜入数据库的人很厉害，竟然没有触发入侵报警，我们觉得可能是内部人，因为只有内部人员才能通过认证合规地进入数据库。但是现代科技好就好在，任何动作都会留有痕迹的，你放心吧，追查部门说这几天就能查得水落石出了。"

这一天与往常相比，并没有什么异常。只是在最后一节院长的课上，下课铃一响，就有几个身穿黑色大衣的人走进教室，和院长聊着什么，院长看上去好像很惊讶。慕天拽着公孙华快速地逃出了教室。

"那些应该就是追查部的人吧，话说回来，他们来这干嘛？难道那天入侵的梦源在咱们这？"

"我觉得不至于吧，咱们这就是一些学生。"慕天强掩着恐惧说。

晚上，慕天在床上躺着睡不着，这时手机来了一条信息："是我！"

"你是谁？"慕天和这个陌生的号码聊了起来。

"既然我能找到你，那么他们也很快就能找到你。"

"你坑我！那我现在怎么办？"

"照我说的，破坏其余的三佐！每一佐中都有一个中央控制室，到中控室把里面的一把钥匙拔出来，毁了它。毁了这三把钥匙，联合梦境就不复存在了！"

"你是谁，怎么会知道这么多？还有什么佐不佐的，谁起的名字？"

"这三佐都是我亲手设计和起的名字！我是原山的创始人之一！"

慕天还要问，只见那边传来了最后一句："等你活着醒来，我就把我知道的都告诉你。"

慕天心里忐忑地越发睡不着，看公孙华已经呼呼大睡了，就到公孙华桌旁，拿了一片安眠药吃了下去。

很快，慕天就进入了梦乡。他睁开双眼，坐在酒吧的吧台旁，他面前的台面上用水写着"开始吧"。慕天镇定了一会儿，拿出了第一枚"圣骑"徽章。他进入了那个黑暗的世界。他拼命向深处游着，看到了一个巨大的椭圆形空间，里面站满了身着白大褂的科学家还有荷枪实弹的士兵。慕天毫无选择，他现在只能按照那个陌生人的要求去做。

"不行，我得引开他们的注意力。"慕天看了看身边，他随手打碎了十几个很小的光线段。过了一阵，那边毫无反应。慕天气急败坏地游到几根很长的光线段旁，用力地把这些长长的光线段打得粉碎。慕天刚动手，马上那个空间内响起了警报，几百个士兵从空间的四面八方进入到数据存储区，科学家们也立马都回到各自的电脑前忙了起来。由于控制室是一个圆球状的空间，从数据区的任何位置都能够进入，于是慕天抓准了机会，从一个隐秘的地方潜入了中控室，拔下了此刻慌乱中没人看守的钥匙，立马又逃回到黑暗的数据区中。

整个"圣骑"空间立刻响起了震耳欲聋的警报声，到处乱作一团。科学家们还在寻找着出现了什么问题，可慕天早已拿出"宝华"徽章，到了第二佐。这里依旧很平静，看来第一佐发生事故的消息还没有传到这里，几个佐之间所有的信息都是不互通的。慕天在黑暗的数据区畅游着，这里的警戒连第一佐的一半都没有，远远看去，中控室的空间中数目寥寥的几个人应该都在睡觉。慕天径直地游向那里。近距离一看，果然所有的守卫正在睡觉，有两个科学家穿着白大褂低头做着自己的研究。慕天悄悄地从一处黑暗的地方潜入到了中控室的空间，碰巧一旁的座位上有一件白大褂，他迅速穿上，装模作样地走到中控室的中央，那里"宝华"一佐的钥匙正插在机器上。慕天上前把钥匙拧了下来，伴着瞬间响起的警报声，慕天向中控室外飞速奔跑，可是砰的一声，慕天被原本可以自由出入的透明墙壁重重挡回。此刻，所有的警卫都拿出枪械向慕天这里跑来。慕天下意识地看了眼周围，有一个类似按钮的东西，他便随手按下，伴随一声断电的钝响，中控室里一片漆黑。"他跑出去了！"慕天喊着。这时只见几个健硕的身影从中控室游了出去。而慕天也摸了摸中控室的墙壁，现在已经可以自由出入了。他便纵身逃离到了黑暗的数据区。远处，浩浩荡荡的几百束白光正向慕天这边快速游来，慕天知道那是增援的警卫，他慌乱地掏着口袋中的勋章。白色探照灯已经发现了慕天，慕天此刻也找到了"青阳"勋章。转瞬之际，慕天便来到第三佐。

本想在第三佐黑暗的数据区平复下慌乱情绪的慕天傻了眼；第三佐的数据区中不光有数不尽的竖状维度信息，这里，也有着无尽的光亮。慕天根本无法在这里藏身，不过好在慕天穿着科学家的白大褂，而不远处的几个同样是穿白大褂的人在众多警卫的陪同下正在记录数据。慕天也装模作样地从白大褂的口袋里拿出一个小本，记录着什么。这时，远处的一个警卫发现了慕天，"喂！你是干什么的？"迅速地，慕天被几个警卫团团围住。远处一个科学家游过来，看着慕天胸前的标牌，示意警卫放下枪械："这位是二佐今天派来这里交流的科学家。不过我记得您不是刚刚才被警卫因没带证件挡在入口外，然后回去取您的证件吗？"慕天一听才明白过来，急忙回应道："怕耽误今天的进度，所以急忙赶回来了。"那个科学家笑笑嘀咕着："平时磨磨蹭蹭的，今天不知道怎么这么积极。"说着，周围的警卫就散了。慕天独自在那里继续装模作样地胡乱写着什么。过了一会儿，一个带头的科学家向周围人喊着："今天到此结束了，大家回中控室！"慕天也低着头跟着人们向中控室游去。

本以为计划进行得很顺利，可突然警卫都开始认真听着各自的对讲机，神色都紧张了起来。警卫队长命令大家停在原地："所有人不要动，总部接到消息称另外两佐发生了重大事故，现在为保证这里的安全，请大家把证件都拿出来，我们要进行一一比对。"慕天心头一紧，觉得自己要命丧于此了。慕天正掏着白大褂里的证件，却听到了响彻云霄的警报声，周围的灯光都变成了红色。所有的警卫在队长的带领下开始向中控室跑去。慕天和那些三佐的科学家在后面跟着，待他们快到中控室的时候，发现中控室已经被众多的警卫包围住，时不时爆发着急促的枪响。原来偷窃"青阳"密钥钥匙的人被围困在了中控室里，应该已经受伤，不过因为中控室里面还有人质，警卫们不敢轻举妄动。

慕天听着身旁第三佐的科学家们和他说："你的同事们还在中控室里呢，不知道他们怎么样了，真替他们担心。"慕天一听，便和警卫队长说："我的同事在里面，我要进去。"警卫队长坚决不同意，但慕天几番软磨硬泡，警卫队长也只好答应了。

警卫用扩音器向中控室喊着："我们将派一位没有武器的科学家去和你谈判。"中控室里没有回应。慕天知道这是自己仅有的一次机会，立刻穿过人群向中控室游去。进入中控室，里面的场景让慕天震惊：一个像科学家一样的人一只手拿着一把枪，另一只手拿着"青阳"的钥匙并捂着腹部正在流血的伤口，其余人则都蹲在偌大中控室的一个角落。而这个伪装成科学家的窃贼，竟是惊鸿。

看着站在中控室边缘的慕天，惊鸿惊奇地瞪大了眼镜，咆哮着喊着："你什么时候成了联合梦境三佐的科学家了？这样的位置应该是只有我们这样最优秀学府毕业的人才能做的！"

"那身为科学家，变成这里的窃贼，也是你们最优秀学府的人做的事吗？"慕天看着惊鸿，有些怜悯地说。

惊鸿愤怒地冲着慕天说道："原山能给我想要的，他们只会让我在这里搞研究！"

慕天听到原山的名字，心里不由得一颤，但是他仍故作镇定地看着惊鸿。此刻，周围的一切安静得让人窒息，除了惊鸿越来越粗的喘气声。"你需要医生。"慕天看着嘴唇毫无血色且愈发虚弱的惊鸿。惊鸿摇摇头，鄙视地看着慕天，就像第一次见到慕天时那样。几分钟后，惊鸿再无呼吸，手里的枪也摔在地上。中控室里蹲着的人质见状，开始惊惶地四下逃出中控室。慕天趁乱走到惊鸿身旁，拿走了他手中的第三把钥匙。临走时，慕天看了看惊鸿的胸牌"三佐首席科学家"。慕天摇了摇头，不禁心想："这个社会欠每个人的太多了，每个人自己想要的也太多，像他这样活着真累。"

慕天赶在警卫到来之前，拿出了酒吧的勋章，带着三把钥匙回到酒吧。这时，酒保把慕天身边的几个人叫走，一个戴着面具的人来到慕天面前："把那三把钥匙给我吧，孩子。"

"惊鸿是怎么回事？"

"你总不能让我把鸡蛋都放在一个篮子里吧！"

慕天知道这个男人就是那个原山的人，但是他并不确定。可慕天只能选择相信，便别无选择地给了他。酒保这时从吧台的远处滑过来一杯深色的液体，这个男人把三把钥匙放到了里面，这三把钥匙便瞬间融化了。此时，慕天觉得天旋地转，他看看周围，一切都开始变得模糊转为黑白……慕天睁开眼，还是午夜，眼前是破旧的宿舍天花板。

"怎么了？我怎么醒了！梦境出什么问题了！"公孙华从床上坐起来，歇斯底里地大叫。

慕天转了一下身，还装作熟睡的样子，心里无比忐忑。可能是安眠药的药力还没过，慕天很快又睡着了。他坐在那套深褐色沙发上，手旁的圆桌上一只倒了一半洋酒的玻璃杯，这一切再熟悉不过。

　　慕天起身，拿着酒杯，站在窗口。他望着窗外，觉得无比的宁静。早上，慕天醒得很晚，他看着手机的短信，是可心传来的："我已经好久没有做梦了，昨夜我又做梦啦，梦见了你哟！"慕天看着，心里很暖很开心。

　　慕天本以为公孙华会暴躁不安地睡不好觉，但是却不曾想公孙华倒是睡得很香。慕天大喊了几声也没有吵醒公孙华，慕天觉得有些蹊跷，也就没再管公孙华。更何况今天是周末，公孙华以往睡到中午也很正常。

　　慕天吃完早饭回到宿舍，公孙华正梳洗打扮，穿得很帅气，喷着香水，一看就要去约会了。

　　"你这是要去见谁啊？这么正式？"慕天嘲讽着问着。

　　"自然是美女。"公孙华打趣着说。"我要让紫罗兰进到梦境中心当我助理。"

　　"什么！联合梦境不是垮了吗？"

　　"对啊，你也在梦境里，所以你也知道。昨天我们正开着会，突然梦境就消失了，追查部的人断定是原山那帮人搞的鬼，一定是他们毁坏了三个梦境中心数据库的连接密钥，导致所有的数据无法被访问。但是他们没想到的是，其实梦境中心早就想抛弃这种四佐共享的方法，在梦境中心，有一个秘密的数据中心在支持和收集所有的三维梦境数据。现在天赐的良机将三权分立集合到一起！"

　　慕天心里有点慌，为了掩饰自己的心虚，随口问了句："那原山那帮人你们怎么办？"

　　"怎么办？他们那帮大傻子，梦境中心支持的只有在梦境中心申请注册的人，比如像我这样优秀的人。现在他们已经把自己永远剔除出梦境了，我们求之不得。现在最棘手的是，我们损失了所有对普通梦境的连接和控制，不过数据组会修好的。现在对梦境中心的控制权才是最紧迫的事。那些小毛贼，谁还管他呢。"

慕天听后心里平静了不少，而且现在像他这样的普通人不用在联合的梦境中听从别人摆布，重新拥有了自己的梦，也是一件好事。但他突然想起来："凌呢？他还好吧！"

"人家已经是梦境中心注册的战士了，比你身份高多了，听说还得到了金手的提拔。你呀，就后悔去吧！"说完公孙华就扬长而去。

慕天心里莫名地高兴了起来，终于又回到最初自己在梦里可以随心所欲的日子了。

慕天宅在宿舍里开心地复习着，为即将到来的考试周奋斗，心中的压力一下子少了不少。

十七、引火上身

下午时候，慕天正在复习，突然接到楼下宿舍管理处阿姨打来的电话，通知慕天到楼下来取一件包裹。慕天很奇怪地去拿了快递，快递包裹上面的发件人姓名和地址一看就是假的。慕天从中拿出来一个小盒子，看着像一个扬声器。此时在他的电脑上接到一封熟悉又陌生的邮件："杨慕天同学你好，谢谢你之前为原山做的贡献，作为原山的创始人之一，我们将为你提供一个控制梦境的工具，作为对你的回报。 原山敬上。"

慕天心想："这帮原山的人还知道感恩呢！不知道这玩意儿怎么用啊。"慕天拿着这个东西在手里把玩，摇晃的时候，有一瞬间，慕天感觉自己像是被电击了一下似的，他的脑海里突然闪出了自己在梦境的画面，那熟悉的沙发、窗户。慕天赶紧将这个装置放下，拍打了下自己的脑袋，缓了缓神。他有点恐惧地看了看眼前这个东西，继续翻看包裹，发现里面有张卡片，上面写着："让你想要连接的人触碰该装置，并进行神经信息采样，晚上让其接通电源工作，你们的梦就能连接到一起。"

第二天，慕天和可心见面，让可心触碰了下这个连接器，可心也是被电击了一下，有点生气地问："你这是什么东西，是漏电了吗？"

慕天安慰着可心："放心，晚上给你一个惊喜。"慕天照着说明，晚上开通了连接器。当慕天睡去的一瞬，他睁开眼，坐在舒适的沙发上，还是帅气的夹克和手旁的半杯洋酒。他站起身，像往常一样走向窗外，他看到了一个女孩儿正在屋外的草坪上荡着秋千，脚边的小狗慵懒地摇着尾巴。

慕天静静地看着可心，可心也觉察到了什么，当她回头看时，看到了这边的慕天，两人相视一笑。可心在梦里见到慕天十分开心，两人躺在草地上聊天、打闹。正说着话，扑通一声，慕天觉得远处什么东西掉了下来。安静了几秒钟后，突然传来了十分吵闹的摇滚。慕天和可心向声音的源头走去，看到远处一个宽大的舞台上，身着奇装异服的一个小胖子正在歇斯底里地吼着摇滚，慕天定睛一看，那不是公孙华嘛！

"公孙华，你是怎么进来的！"慕天冲过去问。

"对呀，我是怎么进来的？！"公孙也目瞪口呆地停下来。

"你是不是碰了我的连接器？！"

"什么连接器？你是说你桌子上那个？我以为是充电器呢，刚一碰就电了我一下。"

慕天在一旁摇了摇头，公孙华见到可心倒是很兴奋，"哎哟，我说呢，慕天呀，你们在梦里约会呢呀！那我以后也把紫罗兰叫进来！"

"你叫她干嘛呀？！"

"紫罗兰你们不知道？我女朋友！"

"大哥，你真厉害。你们这都是什么时候的事啊？"慕天摆出了一副十分佩服的表情。

"哪里哪里，这等小事，不足挂齿。"公孙华还略微害羞地捂了捂脸。"对了，我得去梦境中心做事呢，不跟你们俩闲聊了啊！幸好我有梦境中心的通行证！"说着公孙华拿出了一张工作证，与之前给慕天的徽章不同，这次是一张看上去十分正式的工作证，他轻触了一下上面的一行字，就消失不见了。

可心看着慕天："你的朋友可真逗！"

"他呀，总是来捣蛋！"

两人继续着之前的开心时光。

可心那边的梦境传来了一阵悠扬的音乐，她该起床了，慕天跟可心道了别。回到自己的屋子里，刚准备醒来，却不料公孙华慌里慌张地破门而入："慕天，不好啦！我被他们发现了！"

"你做什么被发现了？"

"当我今天进入办公区的时候，他们对我进行安全检测，发现我身上有异常的电磁干扰，这几天要对我进行深入调查！是不是你这个玩意儿捣的鬼？"

慕天觉得此事必有蹊跷："那我觉得我们明天去找一下元博士，让他帮忙检测一下吧！"

"也只能这样了。如果他们要到现实中调查咱们俩，咱们俩就完蛋了！"

次日，慕天和公孙华上完课来到元博士家，依旧是普普通通的门口，可慕天却感觉到了许多隐蔽的摄像头。公孙华管不了那么多，慌乱地按着门铃。对讲机那边传来了元博士的声音："你们是谁？"

"我是公孙华啊！我爸爸还给你的实验室投过资。"

"噢，原来是公孙公子啊，什么事呢？"

"当面说！"

话音刚落，大门开了，公孙华和慕天见到了元博士。元博士带着他们俩在门廊里一处僻静的角落停下。慕天知道那个角落肯定是没有监控的。

公孙华立马凑到博士耳边，小声说了事情的缘由。慕天看到博士立刻皱起了眉头："这样的话……可是很不好办呢。你们知道，私自的梦境连接是绝对不允许的，哪怕是我们实验室做实验也需要梦境联合委员会的准入牌照。不过话说回来，你们这连接装置是怎么来的呢？"博士的眼睛盯着公孙华，公孙华没有开口，博士又盯着慕天。慕天支支吾吾的，从口袋里拿出了那个连接器。博士刚要接过手里，好像看到了什么，便急忙推回给慕天。慕天没有接住，连接器掉落到地上摔散了。

博士急忙向后退："你们听着，我不会告诉别人有这个东西，同样，我也没见过你们，你们快走吧！"说着博士就示意慕天把连接器带走。"送客！"慕天刚把散碎的连接器装进兜里，博士就让手下的一个人把他们送出了大门。

公孙华和慕天站在博士家门口，愣了半天。公孙华问慕天："他这是干嘛？"

"我估计，咱们的事他们应该都不会再管了。"

"不过说真的，这个连接装置你是怎么弄到的？"公孙华问。

慕天想了想说："我在网络上认识了一帮自诩为原山的人，是他们给我的。"

"就是那帮臭名昭著的原山？慕天，以后千万别再和他们有任何联系了，就算你不为你自己着想，你也为在梦境中心的我想想啊！"

回到宿舍，公孙华还是不依不饶地向慕天抱怨着："你说你没事去招惹那帮原山的人干嘛啊！在梦境中心这些人都是讳莫如深的！"

慕天一边听着公孙华的抱怨，一边重新安装着已经散碎的连接器。忽然，慕天在摔掉的一块面板处，发现了一个重置按钮。慕天很兴奋，拿起一支笔狠狠捅了一下重置按钮。一瞬间，慕天感觉自己像是被电了一下。谁知公孙华也恍惚了一下，他问慕天："刚才那是什么？"

"我按下了重置键。"慕天也觉得有点不可思议。

"那我就不会再有你们梦境的连接了？"

"今晚你可以试试。"

公孙华开始欢呼雀跃地手舞足蹈。一旁的慕天却很沉默，在重置键下面，还有很多按键，他很想按下来尝试，但是他转念一想："还是先让公孙华安心吧，至于其他的，等以后再慢慢尝试。"

晚上，慕天提前询问了可心，可心那时也的确感受到了与公孙华一样的电击的感觉。这一夜，慕天打开连接器，闭上双眼。他睁开双眼，又看到了那熟悉的场景，只不过外面已没有可心的秋千，也没有公孙华喧闹的舞台。慕天悬着的心放下了，因为他知道公孙华现在是安全的，而至于可心，他不再想因为自己而把她再牵扯进来。

慕天正想着。他看到窗外的草坪上，梦境破了一个口，进来了一帮荷枪实弹的士兵，带头的有着金灿灿的手臂，应该是金手，而他身旁，是凌。

金手带着一队人快步走向慕天的屋子，慕天看了下周围，身后是一片黑暗，他似乎无路可退。金手和凌打开了屋门。"好久不见啊，小兄弟！"金手主动伸出手和慕天握了握手，凌也很高兴，与慕天拥抱了一下，但是脸上依旧是冷冰冰的。

"你们到这里干嘛？"慕天有点心虚地问。

"我想你该很清楚。"金手的脸色突然间严肃起来，压低了声音说，"未经允许连通梦境可是重罪！"

"可是慕天并不知道这些规则，如果知道，他是不会这么做的！"凌在一旁说。

"是啊，可是我们总没必要向所有的普通人都印发一本梦境须知的小册子吧！"金手半打趣半认真地说，眼神一直盯着慕天。

"我知道错了，下次不敢了！"慕天惊慌地回答。

"以我对金手大人的了解，可能不会给你下一次机会了。他就是这样死板的人。"

"死板倒不至于，这是恪守规则。"金手继续严肃地说。看到慕天手里拿着一个酒杯，金手自己也想喝一杯，便伸出手，摆出手握酒杯的姿势，可是什么也没有发生。

"看样子我们才是这个梦境的入侵者呢！"凌说。凌看着慕天，提高了嗓门，怪里怪气地说了一句："慕天，这是你的梦境！"看慕天还沉浸在恐惧中，凌又喊了一句："这是你的梦境，慕天！"

慕天这才缓过神来，一挥手，金手手中出现装了半杯酒的水晶杯。

"谢谢！"金手呷了一口酒，"那么慕天先生，请跟我们走吧！"

"如果他不跟我们走呢？"凌在一旁说。

"你什么意思？"

"因为这里是慕天的梦境，我们的能力使不出来。如果他现在把我们困在这里，然后醒来把连接器关掉。信号不见了，我们也没有了抓他的证据，那时候我们怎么办？"凌好似在和金手说话，眼睛却一直盯着慕天。

"这……"金手低下头思考起来。

这时，慕天已经领会了凌的话外音，他一挥手，屋内屋外从天而降许多牢笼，把金手、凌和门外的士兵们都困了起来。

"你敢扣押我！你知道我是谁吗？我是这联合梦境中心的代理人，拥有着这片大区的军权。你好大的胆子！"金手恼怒地拼命砸着牢笼，这牢笼被金手敲打得咣咣作响，甚至都变了形。

"可是这里不是联合梦境，这里是慕天的私人梦境，我劝您还是歇歇吧！"看着依旧牢不可破的牢笼，凌席地而坐。

金手拍打了一会儿，也累了，气喘吁吁地说："你说得对。小子，再给我杯酒！我休息会！"慕天照着金手的要求，每个牢笼里都出现了装满酒的酒杯，士兵们也坐下来谈天畅饮。"不过我说慕天，等你醒了，我们也就自由了。到时候我要派现实中的梦境监察队去抓你。"

凌在一旁拍拍金手的肩膀："我说老大，你何苦跟一个小毛孩子较劲呢？是你当初训练他，让他去竞争，现在他好不容易存活下来。而我也替他成了你的副手。要我说就算了吧！"

金手喝着酒不说话，盯着慕天满头的银发，突然冒出了一句："等明天看我的心情吧！你以后注意着点！"慕天也坐到金手和凌的旁边，隔着铁栅栏，三个人碰了杯，只喝酒，不说话。

天很快就亮了。慕天离开时，有点喝多的金手一把拉住慕天："还不谢谢凌！"

慕天和凌四目对视了一下，慕天似乎觉察到了凌脸上不曾有过的笑容。慕天偷偷地向凌点了下头，凌也向慕天点了下头。新的一天开始了，慕天闭上双眼，睁开双眼，他赶忙翻下床铺，把连接器关上，再也没有打开。在关上连接器的一刹那，他又有触电的感觉，眼前闪现出一队人离开他小屋的画面。

次日夜里，慕天刚刚进入自己的梦境，就听到窗外一阵嘈杂声。慕天的梦境在与昨天同样的位置被打开了一扇门，金手和他的一队人又进到了慕天的梦境，但是在所有人的最后，进来了一位大腹便便的老头，那个老头进来后四处打量了一番。随后，金手等人向这位老人敬礼然后退出了慕天的梦境外。

那位老人沿着草坪小路缓缓向慕天走来，走到慕天屋前，看到了慕天，摘下帽子向慕天打了个招呼，慕天也同样向老人点了下头。

那老人缓缓开口："他们都叫我霸王，我是个商人，小伙子可否愿意出来陪我走一走，老朽有事找你。"

慕天打量着这个身穿上好毛绒大衣的老人：一副镀金的拐杖，稀少的头发，老式而讲究的帽子，俨然一副古代绅士的模样。

慕天从屋里走出来，霸王很自然地让慕天搀扶着自己："年轻人，搀扶下老朽，咱们沿着你梦里这条小路走走，我跟你说说话。"

两人走着，慕天不敢说话。霸王却唠唠叨叨个不停，一会儿聊聊慕天房屋的风格，一会儿说说田园风光的美好。可是最后，霸王话锋一转："年轻人，我听金手说了你的事，你的问题已经提交给了梦境道德委员会，很有可能不是金手说饶了你就能简单了事的。不过，作为道德委员会的委员，我倒可以给你另一个选择。"

"您说。"

"我是一个商人，我想要做的，就是在梦境中建一个商场，一个乐园。人们可以在这里娱乐，前提是要收取一定的费用。你明白我的意思吗？"

"不过这和我有什么关系。"

"我需要你把你的连接器交给我，这样我就可以让我的团队研究开发一种新型的梦境连接装置，服务于普通人。而除此之外最重要的，我需要你身上的月瓶。"

慕天立刻把手捂住自己的衣领，"你们是怎么知道月瓶的事的？"

"这个梦境里的事，我们都会知道！"

"可这是我的隐私！"

"你根本没有权利有隐私。"霸王用命令的口吻说，"要么交给我，要么去坐牢，这个不难选吧。"

"那你们能保证不再找我麻烦吗？"

"我是商人，商人崇尚的是契约精神。"

慕天把自己的月瓶拿出来交给了霸王。霸王看了看，摇晃了一下装着小屁孩儿梦境碎片的月瓶，装进了自己的口袋，很满意地说："你知道吗慕天，这里的一切都是现实中人为设计出来的，梦境里根本没有什么魔法。我们会设计出一种梦境连接方式，让人们能够通过我提供的装有我许可的梦境碎片的月瓶，进入我为他们提供的梦境，那样我的梦境商业帝国就能与普通人的梦境无缝连接了。对了，记得梦醒时候，把你的连接器交给你们学校正门的门卫手里，早上九点。"霸王说完，主动和慕天握了握手，"欢迎你到我的欢乐王国做客！"

霸王缓缓走向来时的地方，梦境连接处的门开启了。金手迎接霸王离开，最后用眼神瞟了一下慕天，便跟着霸王走出了慕天的梦境。

慕天照着霸王的要求准时将梦境连接器交了出去，此后便过了几天难得的平静的日子，期末考试也在这几天陆续到来，所有人都熬夜突击复习，可是慕天却只在白天用一点儿功，晚上多半时间在休息。他并没有想取得多高的成绩，只要及格就好，所以他过得十分轻松。

很多天，没有人再在梦境里找慕天的麻烦，慕天以为平静的生活就要开始了。直到那一天，慕天来到自己的梦里，这时，他的头上飘下来一封信。慕天打开信，里面是一张宣传广告和一个装着一颗闪亮晶体的月瓶。广告上面写着："在你的梦中享受现实中不能享受的快乐！只需登录以下网址缴纳少许费用！www.dreamjoy.com。"慕天打开月瓶，透过月瓶的瓶口，映射出一张栩栩如生的微型立体地图，上面标记着游乐场、体育场、美食节等地点，而在地图的右下角，标记着返回梦境。

　　慕天惊讶道："没想到那个霸王还真实现了他的梦境商业帝国。"不过他并没有在意，直到第二天白天，可心向他诉说了同样的事。连公孙华也在抄作业之余，和慕天提起了他们与一位商业大亨合作的事。慕天在可心和公孙华的轮番劝说下，也登录了网站，缴了试用版的费用。很快，他们便都各自收到了一个类似手环似的小东西。按照上面的指示，每天充电，晚上睡眠时戴在手上，就能使用梦中的月瓶进入梦乐园。除此之外，在每个人自己的梦境里，可以随意打扮自己，成为自己满意的造型后，进入梦境乐园，使自己成为最想成为的那类人。

　　那天夜里，许多的普通人像慕天一样，戴上手环入眠。慕天在自己的梦里打开月瓶，点击和可心约好要去的梦境商场，因为可心十分想看看梦里的购物乐园是什么样子。慕天一阵恍惚便来到了梦境商场的前广场，人山人海的景象出乎了慕天的意料。很快，慕天便在人潮中看到了可心，挤过拥挤的人群，他们俩终于碰面了，看着可心兴奋的眼睛，慕天知道霸王的梦境商业是多么的成功。

　　可心见到慕天兴奋地说："几乎我的所有同学都来这里玩了。咱们也快点逛逛吧！"慕天还没反应过来，就被兴奋的可心拽走了。琳琅满目的商品，各式各样的玩乐设施，品种繁多的美食等等，在梦中全部为免费，如果想在现实中拥有，还得到现实中的商场付钱。但是这虚拟的世界却可以让所有人免费体验，几乎满足了人们的所有需求。

　　这一个晚上下来，慕天和可心只逛了这商场的一小部分，但是已经累得不行。他们俩又回到了人山人海的前广场，这里还不停地有新的人进来。可心的梦快醒了，她和慕天道了别，便回到了自己的梦中。慕天一个人站在前广场，感受着商业资本的力量。

　　慕天刚要返回自己的梦境，突然看到前广场出现了几个持枪的人，其中一个大声地喊："为了原山！"随后他们向人群开始了疯狂的射击。但是数百发子弹最后都停留在空中，没有射向人群。这时从人群中窜出许多荷枪实弹的警察，把歹徒制服了。慕天就在离歹徒不远处，看到这惊险的一幕，慕天的注意力完全被吸引了过去，却不料身旁走过一个蒙面的人，狠狠地撞了他一下。还没等慕天反应过来，那人便消失在拥挤的人潮中了。慕天觉得一阵剧痛，发现自己的腹部正在不停地流血，撩起衣服，慕天看到了腹部深深的刀口。慕天痛苦地倒在地上，连喊救命的力气都消失殆尽。此刻，在这个商业中心大楼的最高层平台上，霸王和金手正在上面静静地看着。

　　来来往往的人群依旧喧闹，慕天倒在人山人海中，无人问津。

十八、梦境革新

霸王站起来，举起一杯香槟，看着人群中的慕天，平静地问："他这样倒在人群中是不是太明显了？"

金手使了一个眼色，身边的人便离开了。不一会儿，梦境里开始下起了大雨，每个人手中都多出了一把伞，人们开始行色匆匆地走近或走出大厦。慕天倒在地上，血水慢慢被雨水打散。慕天用尽最后一丝力气，打开自己的月瓶，想点击地图返回自己的梦境，可是丝毫不奏效。

慕天的意识渐渐消失，这时，只见一把雨伞从远处走来，慕天的身影随着这把伞突然消失在摩肩接踵的雨伞群中。

慕天睁开眼，四周全部是黑暗，"这是哪？"

"这是我的梦境！"凌在一旁正在帮助慕天包扎，"在我的梦境，我可以医治你的伤痛。放心吧！"

慕天虚弱地躺在地上，默默看着凌，满心感激，但同时他又十分不甘心："是谁？"

"这个我也不知道，可能是原山的人，也有可能……"

"为什么？"

"你知道得太多了。只要你不在了，那霸王和原山的纠葛也就说不清了，所以你必须消失。"

"你是金手的人，为什么要救我？"慕天疑惑地看着凌。

"我从来不是谁的什么人，我是你朋友。"凌闭目冥想着，慕天的伤口逐渐愈合，但是剧疼依旧让慕天满头大汗。"慕天你听我说，在梦境中的伤痛间接地会造成你现实中大脑造梦神经的伤害。哪怕你在我们的梦境中痊愈了，但你这几天依旧会出现身体不适，可能你自己的梦境也会受到影响。你一定要挺住。"凌说着，把慕天口袋中的月瓶拿出来，连同里面的晶体，摔得粉碎。

"那我还能回到我自己的梦里吗？"慕天哽咽地问。

"忘记你所有的情愫，不要被那所羁绊，否则在梦境里，你会给他们带去风险。记住，现在你在联合梦境里是一个被标记的人，你不可以到联合梦境去，他们会发现你。"凌拉起了依旧不能动弹的慕天，用力地一推，慕天觉得一阵眩晕，他痛苦地倒在地上，当他睁开眼，他已经回到了自己的屋内。他所看到的一切都像打了巨大的马赛克一般，有的地方甚至有些错位。他的梦像破碎的拼图，任凭他怎么努力都无法触及那错位的地方。

闹钟刺耳地响着，慕天醒过来。头痛欲裂，不过好在考试都已经过去，但是疼痛让他躺在床上丝毫没有力气。公孙华在自己的桌子上玩着游戏，一会儿接到个电话就离开了。慕天一个人侧躺着，不知道自己为什么经历了这一切，他默默地流下了一行眼泪，湿润了枕巾。

慕天的手机响了，是可心打过来的。慕天看着叫嚷的手机，久久不愿接电话。最终慕天还是按下了接听键："喂，可心。"

"慕天，昨天玩得好开心啊！"

"是吗？我也是。"

"慕天，我这个暑假可能要出国去旅游，和亲戚们一起，估计没法和你总聊天了。"

慕天虽然觉得有些不舍，但是这样恰好有机会能让可心远离正陷入危险的自己，"没关系，我等你回来。"

"我们能不能在梦里玩啊！"

"不能！"慕天脱口而出，以致可心那边突然没有了反应。"噢，是这样的，这个假期我要和公孙华每天夜里去梦境中心培训，所以……"

"这样啊！没关系，那咱们每天短信联系吧！"

慕天结束了和可心的对话。这时，他耳边突然传来了公孙华的声音："你个大骗子，你哪和我一起参加什么培训了！梦境中心跟你有什么关系！"

"我这不是骗她呢嘛！"

公孙华狐疑地看着慕天："你骗人家干嘛！有什么不可告人的秘密？"

"好啦，我这些天累了。对了，你们最近搞的那个梦境乐园真的不错，我和可心都去了！"

公孙华骄傲地说："那是当然，霸王可是梦境首富，这个项目才几天就完成了，简直是奇迹。最主要的是，梦境连接技术是当今最高深的技术，是绝密的哟！"说完，公孙华又接到了一个小姑娘的电话，出门去了。

接下来的三天里，慕天白天头痛得只能躺在床上。而在梦里，一切的画面都像破碎的玻璃一样，是错位的，他停留在这无限的折磨中。不过好在第三天的时候，他的头痛开始缓解，梦境里的画面也渐渐清晰。慢慢地，慕天已经能像以往一样，坐在屋子里的沙发上了。他开始反思，为什么普通而善意的自己最终会落到这个地步。

慕天每夜捂着脸在梦里想着："也许是由于我太善良，不光对朋友仁慈，连对敌人都手下留情，也可能是我考虑得太多，什么事情都瞻前顾后，反而畏首畏尾。还有就是我太胆小，因为不敢去做，去反抗，所以一直被别人牵制……"随后的两天，慕天仍旧想了很多很多，而他的梦境也渐渐恢复了原貌。

这一夜，慕天来到了自己的小屋，无比的静谧和温馨。慕天看着镜子中的自己，黑色的夹克和他稚嫩的脸庞，他觉得自己需要改变。慕天一拳打碎了玻璃，他不想再成为任人宰割的羔羊，心里的一股火莫名地冒了出来。他甚至能感觉到自己的双手能放出火焰。慕天猛地拍了一下桌子，歇斯底里地大喊一声。待他慢慢平静下来，梦里的一切都变了。镜子变得更大，完好无损地立在一旁。镜中的慕天穿着一身黑色呢绒大衣，扎着漂亮的领带，里面是笔挺的衬衫，凌乱的头发现在变得整齐而干练，脸上多出了一些胡茬但是却被刮剃得十分考究。而慕天再也看不到窗外，他全部的梦境都变成了一个书房，巨大的深色实木书桌放在梦境中央，慕天就在这张桌前。四面环绕着书桌的是一排又一排高耸入天的书架，上面摆满了书。

慕天看了看变化的自己，心里并没有起什么波澜，也许正是由于他心境的变化，这梦才随之改变。他踱步到一面书架前，随手拿起一本书，上面全都是各种他想要学但以往却都搜索不到的书籍。

他回想着，依稀记得白天公孙华曾告诉自己，自己已经被梦境系统除名，完全清除了所有的梦境连接。现在慕天已经是梦境里的自由人，因为管理者们认为他已经死了。而凌却意外地将他救活。

慕天看到书架上有一封信，打开后他看到上面的字："现在去做你认为对的事，这些书是我的梦境连接到梦境中心的系统得到的，而我将你的梦境连通到我的梦境，现在只有我才能找得到你，你是安全的，而你也能得到梦境中心的全部资源。我相信你能做出点让我值得救你的事。 凌"

慕天合上信，面色凝重，他坐回到书桌前，闭上双眼，开始思考了。

有一夜，慕天正在梦里看书，这时，最远处的空旷处突然打开了一扇门，慕天知道一定是凌。只见凌气呼呼地推门而进，径直走向了慕天，在慕天对面的椅子坐下，还是气呼呼的样子。慕天见凌没有说话，便一直盯着他。只见凌突然狠狠拍了下桌子，响声回荡着整间屋子。这样的凌着实让慕天吃惊，一向淡定的凌这就是怎么了？

慕天合上书，问着凌："以往什么事都那样淡定的凌，今天是怎么了？"

凌依旧是愠气不减，勉强平复了下心情，还是粗着嗓子说："我是金手手下的士兵，过了三个月的见习期，根据他们的规定，我应该去梦境管理中心办理正式的梦境进入登记手续，建立正式档案。我第一天去，那人连正眼都不瞧我一下，用着极不耐烦的语气说：'去那边拿表去！填好了再过来！'我可是排号等了半个小时！好，我不懂规矩，我忍了。我去拿了申请表，看着旁边有个范例，就照着填，各种项目，填得我头晕眼花。好不容易填好了，再去拿号排队。还是到了那个姑奶奶那，人家拿过申请单看了没有半秒钟，就把表撇了回来，说：'这块、这块……这都不对，回去重新填去！'我又回去填好，再排队，又告诉我需要找现工作部门盖章。我回去找到了金手，金手给我盖了章。本以为这回完事了。又重新排队，终于轮到了我，人家看了看我的申请单，又没好气地问：'材料呢？'我当然不知道是什么材料，我就问需要什么材料。她又撇过来一张纸，上面列着所需要的各种各样的证明材料。我一下子怒上心头：'你怎么不早告诉我，我这都跑了多少趟了！'谁知那人一下子把那张纸拿回去，冲我大嚷：'你材料不够就是不行，你到底要不要，要不要，要不要？'谁叫咱们求到人家了呢。我说要，拿着就走了。等走出去了几步，我看了看需要的证明，有现实中的高中证明，大学证明，全部工作单位的证明。我跑回去再问，跟她说其实我在现实世界已经不存在了。她说：'那你回去开一个死亡证明就好了！'我都回不去了到哪开死亡证明去，她又说：'那我就没办法了，手续不全，我没法给你办啊！'我一拍桌子那个气啊，抓住她的衣领就把她拽了起来。这时旁边的警卫拿着枪冲过来，而我带着一起过来的几个士兵也拔枪相对。我们僵持了几秒钟，看着我抓住的接待员和那几个警卫颤抖的样子，我也就示意身后的士兵跟我离开了。你说气不气！"

慕天说："人家拒绝你，也说明人家按流程办事，你能奈他们何？"

"因为这件事闹得太大了，金手和梦境中心管理部的部长通了电话。第二天我过去，那个接待员态度那个好啊，像见了亲爹似的。还问我原来认识他们李部长，为什么不早说。我交上申请表，她在那洋洋洒洒写了几张表，我也没看清是什么，三下五除二，就整理好了一袋厚厚的档案，几分钟我就办好了。"凌更气了，"原来他们都知道怎么办，只是遛我玩……哼，这样的梦境能有个好！"

这回换作慕天一直是淡定的表情了："一个好的世界，应该是人们选择管理者，让社会更有效率。而不是人们选出一个主子让自己成为奴才！"

凌瞧瞧慕天："你说得轻巧。你还能改变得了？"

慕天很自信地说："在现实中不能，但是在梦境里要是不能改变，岂不是太悲哀了？"

"你有什么好办法？"凌瞪大了眼睛。

慕天把压在身下的一张图纸拿出来："你看，这是我设计的梦境锁。"

凌疑惑地看着慕天，摸不到头脑："你想说什么？"

"现在的联合梦境都是征用了所有接入的普通人的梦境空间建造起来的，而这并未征得每个人的同意。当一个人可以自由选择是否加入联合梦境，和谁联合在一个梦境，分配多少空间进行联合，那么每个人都是自己的主人，而梦境管理中心只是一个服务于每个人的服务者。"

"你的这个梦境锁要怎么让每个人都用呢？"

"说白了，这只是一个附加在梦境手环内的一个小程序，而每个人只要下载到手环主程序里就可以了。至于怎么让每个人都能安装上。其实，只要你帮我一个忙。"

凌似乎明白了慕天的意思，思忖了一下，点了点头。

没过几天，凌来到慕天的梦境，看到慕天手里拿了一个试管，里面是一块晶体。

"这是我设计的锁程序的梦境实体，我已经下载到我的手环里，现在我拥有它了，你现在要做的，就是把他倒入央河。"

"像电脑病毒一样传播？"

"不，你错了，它不是像电脑病毒，而是它就是电脑病毒。"

凌没有犹豫，现在梦境中心对普通人的梦境空间占用得越来越严重，有的普通人的梦境甚至连一把椅子都放不下了。他们开始不断在联合梦境的商场进行示威游行。凌是个很明白的人，这样下去，早晚都是一场灾难，与其等到灾难的发生，不如让慕天试一试。

"你这个东西怎么用？"凌有点好奇地问。

"我给你演示一下。"慕天把凌领到远处石壁处。上面有一个拳头大小的石头旋钮，在旋钮的刻度上，对应的是当前梦境分享的百分比，凌清楚地看到，现在这间屋子只有百分之十的梦境空间，剩余的百分之九十都被联合梦境占用了。慕天扭转着旋钮从百分之十改成百分之九十，立刻凌和慕天脚下的地面开始迅速向外扩张，慕天的梦境瞬间扩大了八倍。凌发现他们最后站的位置，竟然连刚才的书桌都看不清了。慕天又调回到了百分之十，他们脚下的地面又开始迅速萎缩，恢复到了原样。

"这样看来，你的这间屋子还的确是有点小。"

"我现在不是梦境中心能搜索到的人，但是只要我能做梦，那么就会被梦境中心征集将我的梦空间强行拿走，给他们梦境中心区域用。"

慕天又带着凌走到一扇小门前，这门没有把手，只是在门上挂着一个玻璃瓶子。慕天将手放到凌耳边，打了下响指，凌的一小块梦境碎片便出现在慕天手中。慕天把这枚碎片放到门上的瓶子里，然后门便缓缓打开了，里面是那个昏暗的小空间。

凌看着慕天惊讶地说："你真的是很有想法。"

"是啊，其实这个并不难，只是没有人去做而已。"

凌点了点头，将试管藏在了衣服兜里，顺着慕天梦境中打开的门离开了。

凌来到梦境中心，仗着自己金手副手的身份，随便便进入了梦境中心的央河源头，他趁人不注意，将慕天的程序注入到了央河河水里。

很快，那一绺清水分裂成一绺绺亮光，顺着央河向四面八方散播开去。

次日白天，慕天刚醒来便听到了公孙华的抱怨："怎么我的办公室变得那么小了！必须得严查！"

慕天装得很无辜的样子，好奇地问："怎么啦？"

公孙华依旧是气呼呼的："昨天不知道为什么，梦境中心好像是缩小了一圈似的，连我的办公室都变小了，我现在不得不和守门人挤一张桌子。这是发生了什么？连安保部门都不知道！现在听说梦境追查部在着手调查，说是有许多普通人未按照规定共享梦境造成的。"

"还有这规定？"慕天佯装好奇地问。

"我懒得和你这个被驱逐出梦境中心的人说，这都是商业机密！"公孙华转过了头去，不理慕天。

慕天心里暗喜。公孙华接了一个女孩儿的电话，便出门了。慕天紧接着接到了可心的电话："慕天，昨天我的梦里突然出现了一个奇怪的石头旋钮的机器，我随便旋转了下，你猜怎么着！我的梦境突然变大了好多。另外还有一扇门，我的闺蜜们也不知道是怎么研究出来的，我们在梦境商场逛街的时候，每个人都给了我她们自己的梦境碎片，让我放在那扇门上的瓶子里。没想到打开那扇门，就是我的朋友们，我们现在玩腻了联合梦境，这样的小聚会更有意思。这变化真是太棒了！"

慕天虽然心里很高兴，但他岔开了话题，和可心愉快地聊了很久，被她的快乐感染着。

晚上，凌进入慕天的梦境，大加赞赏慕天的设计："现在梦境中心一团糟，开始停止分享梦境的普通人越来越多，现在连霸王的乐园都开始受影响了。而更严重的是，现在购买了手环的普通人，已经不再只去霸王的产业游玩了，导致霸王的盈利急剧减少。"

慕天想了想："这也并不是个好事。你想，梦境的一切都是基于强大的梦境中心支持，它不能剥削普通人的梦境，但是也需要每个人的梦境进行支持，就像税收一样。"

"那事实已经如此了，你怎么办？"

"凌，你现在也属于梦境中心的小头目了，你可以给金手建议，从你们军事部门里传出的改革意见，应该更容易得到上面的批准吧！"

"那我怎么说？"

"就像收取税收一样，只要使用梦境手环的人，必须分享百分之十的梦境给公共的梦境中心，而另外百分之九十可以自由支配，分享得越多，可以得到的梦境中心权利就越多。"慕天小声地和凌说。

"好主意呀！我这就回去找金手。"凌刚要走，又转身回来问慕天："慕天，那你接下来要做什么？"

"我想发起一些各种各样的开源梦境。每个梦境都邀请相关的专家和感兴趣的人。将教育资源分享给每个人，而不是只禁锢在梦境中心的精英们之中。"

凌想了想："你这个可不好实现。因为现在这些资源都已经被锁定在梦境中心了。"

"所以啊，需要公孙华的帮忙。"

"那个傲慢自大、总把自己视为领导和商业领袖的家伙，能帮你做这种事吗？"

"不试试怎么知道。至少这样的话，无论一个人是在灯红酒绿的大城市，还是在贫穷偏远的农村，每个人都可以享受自由的教育。"

"你还真是个教育家呀！"凌打趣地说。

"我还想让现实中每个做梦的人都成为开发者，让他们设计自己的主题梦境，登山啊，划船啊，画油画啊，如果每个有能力的人都参与开发这个梦境，那一定会使梦境最快地发展。"

"你呀，异想天开。你能让梦境中心管理部门改革适应你？"

"不能，但是我们尽可能倒逼着它来适应我。"慕天淡淡地笑了笑。凌也猜不透他想什么，就急忙转身离开，去找金手了。

凌进入梦境中心时，有个士兵慌慌张张地过来找凌："将军找你开会呢。"凌猜也能猜到所为何事，但是他并不着急，而是先回到了自己的办公室写了一份提案。然后凌由士兵带路，快步走到开会的地点。里面坐满了各国负责梦境管理开发的长官和商业大佬，金手和霸王在那里窃窃私语着，霸王时不时气恼地拍着桌子，金手则愁容满面地不知道想着什么。来开会的还有许多其他地区的梦境中心的管理人员，公孙华跟在一伙人后面也出席了会议。会议应该是已经进行了一段时间了，有的人已经显出疲态，而争论一直不曾停歇。

凌并没有去和公孙华打招呼，他走到金手和霸王身边，和他们说了几句。霸王想了想，问了问金手的意见，金手敲了下桌子，会场一下子安静了很多。金手站了起来，清了清嗓子："下面由我方代表做出发言并提出提案。"

霸王拿着凌的材料，做了些小修改，但基本上是全盘照读。读完后，会场中心的圆桌不时传来支持声和反对声。最后一个年事已高的长者站到会场中间，高声喊道："反对刚刚提案的人请举手。"会场里零星的有人举手。"那么支持的请举手！"会场里举手的人虽然比反对的多，但是依然不够半数。"那么此提案暂时保留，一个小时后再次进行表决。现在先行散会休息！"

凌跟着金手和霸王走出了会场。霸王当着金手的面赞赏了凌，随后便带着助手离开了。金手目送霸王走远，回头对凌说："提案写得不错，这基本是现在梦境中心能接受的结果。不过凌，这样的观点不像是出自你的手笔呀。"

"被将军识破了，我也是今天在路上听到别人的观点，抄袭过来的。"

金手盯着凌看了一会儿，凌觉得脸上像灼烧似的那么热。金手突然咧嘴笑了笑："也是，杨慕天已经不在梦境里了。不过他要是在，这样的想法应该是像他那样出身的年轻人提出来的。"说完，金手和凌向各自的办公室走去。

果真如金手所料，霸王的提案通过了。不过最后的结论是修改了一些条款：首先，每一个应用手环进入梦境的人，必须分享百分之二十的个人梦境空间给梦境中心区域；其次，梦境中心会根据个人额外的分享比例，决定给每个人的额外权力的大小；但是对于未经认证的普通人，依旧是不允许进入梦境中的梦境中心；不同的普通梦神可以选择和特定的人群进行梦境联合，不过梦境中心会对所有的小型联合梦境进行严格监管，对于不符合梦境中心管理要求的，会取缔；每个人可以使用梦境锁来实现以上的各种行为。

提案很快通过了。次日夜里，慕天拿着凌带来的梦境中心简报，心里十分开心，很期待当他醒来时现实社会的反应。

慕天很早便醒来了，他在网上搜了搜，对于人类梦境连接的新闻丝毫没有任何更新。正当慕天疑惑地盯着屏幕的时候，可心的一条短信让他吃了定心丸。

可心在短信里写道："慕天，听说了吗？梦境连接出了新政策，以后我可以合法合规地跟你进行梦境连接啦！"

慕天收到了可心发来的一个正式文件的电子版。慕天看了看，这是现实中的管理部门出台的一个草案，即日起试施行。

慕天心里很高兴，正准备给可心回短信时，一个陌生的号码打了进来，"是杨慕天同学吗？"

"我是。"

"这里是学校校长办事处，你现在在学校吗？马上来行政楼大会议室一趟。"

"我在学校，好的，我现在过去。能问一下您知道是什么事吗？"

"来了你就知道了。"对方冷冷地挂断了电话。

慕天心想，会不会是有人在耍他玩，但是听对方的口气，倒还是很像学校办事处的人。慕天动身来到了行政楼，刚要往里进，前台工作人员就把他拦住，"你找谁啊？"

"校长办事处的人给我打电话，让我来见他们。"

前台怀疑地看着慕天："你在这等着，我打个电话确认下。"一会儿，前台一挥手，"进去吧！"

"可是行政楼大会议室怎么走？"

前台工作人员嘲笑地说："你怎么连学校的会议室都不知道在哪啊！"

"我不是什么校级干部，这么金碧辉煌的地方，我进不来，也不敢进啊！更不知道什么大会议室了！"

前台指了指二楼的一个会场，告诉了慕天怎么爬楼梯和通过几个门禁。慕天很快就来到了大会议室。他敲了敲门，里面一个厚重的声音说了一声："请进。"

慕天打开门，看到会议桌那里坐了很多人，校长、书记和学校主要领导都在，这架势一下子把慕天搞懵了。其中，圆桌最远端坐着两个人，一个身穿军装、花白胡子的老头，一个瘦瘦小小、戴着眼镜，俨然一个大商人的模样。

这是慕天第一次这么近地看到校领导们。那个商人示意了一下，校领导们就排着队和他握手然后离开了，离开时，校长还拍了拍慕天的肩膀："小伙子好好表现啊！"这让慕天更加毛骨悚然了。

最后房间里只剩下慕天和对面的两人。

慕天鼓足勇气："请问找我什么事？"

对面两人相视一笑，其中穿军装的人说："杨慕天，在梦境里对我们这么不客气，现在倒装得这么客气了！"

"您是金手将军，您是霸王？"

霸王小小的眼睛仔细打量着慕天，让慕天很不自在。"不错，我的梦神可能胖了一些，和现实不太一样，第一我希望自己变得胖一点，其次，我也觉得这样的话能更好地保护自己。"

"那你们找我干嘛？"

这时，金手表情一变，狠狠地拍了下桌子："杨慕天，你好大的胆子！！"

慕天着实吓了一大跳。霸王在一旁笑着说："将军别动怒，我倒是觉得这个孩子很有趣。我这辈子遇到过不少竞争对手，都一一被我打败，不过遇到这么年轻还这么棘手的对手，我还是头一次。"

慕天自知自己就是一个普通的老百姓，根本无能力与面前这两位有权有势的人对抗。不过慕天同时也明白，自己最大的优势就是年轻且一无所有，没有失败的成本，而对面的两个人，一旦失败就使一辈子钻营的心血功亏一篑。金手和霸王不会允许慕天破坏他们的计划，但到目前为止，慕天也早已不再畏惧什么。

金手神情缓和了一点儿，不过依旧是很严肃地说："你以为凌每天在干什么我不知道吗？你以为你们俩的这点小聪明能威胁到我们？"

慕天也镇定了许多："我从没有想过与你们作对，我只是想让每个人都有做梦的权利。"

霸王很霸道地说："所有人的梦境连接基础设施都是各个国家出钱修建的，成本呢？维护费用呢？你凭什么让他们免费想做什么梦就做什么梦？"

慕天义正词严地说："那你们有问他们的选择吗？你们建设了连接梦境的设施，只让一小部分人享受着所有人的红利，那和现实世界有什么分别？这梦越做越让普通人失望！"

霸王无奈地说："算了，我不和你讲道理了。年轻人，你什么都不明白，无论你现在是怎么想的，你、我、金手，谁都不能改变梦境未来的走向和规划，这一切就是这么定的，我告诉你就是这么定的！而且马上就会这样。你现在已经让我们蒙受很大损失了你知道吗？我们可以把你抓到监狱里你知道吗？不知道天高地厚的小子。"

金手在一旁拿出了一个协议，扔到慕天面前。慕天拿起协议看了看，上面写着"……对之前凌带给霸王的提案，杨慕天完全不知情……"。

"这是什么意思？"慕天有点疑惑。

霸王说："算你小子走运，你的提案获得了各方代表的肯定，现在通过了，而绝大多数的民众也支持。你的目的已经达到了。不过既然这个提案是从我嘴里说出来，我们希望之前的提出者能够闭嘴。"

慕天很爽快地签了字，"你们还是没有懂我，我不想和你们抢什么功劳。这一切都是为了那些在梦境里受苦的朋友们。现实再怎么残酷，不要带入梦里，我可以苟且一个白天，但是晚上，我希望每个人都是他自己的主人。"

金手和霸王讽刺似的鼓了鼓掌。金手打趣道："说得真好，很像我们在大会上的发言。好了，你继续做你的梦，我们走了。至于凌嘛，他是个人才，我不希望他知道今天的事。"

慕天点点头，目送两人出去。一会儿，校领导走进房间，不停地和慕天握手，感谢他为学校获得的荣誉，搞得慕天纳闷了半天。一会儿，两个士兵拿着一张奖状走进会场，上面写着："梦境创新计划突出贡献奖"。原来这个就是最早紫罗兰参加的那个项目，那么多来自顶尖学校的尖子生们竞争，没想到最后这奖项竟颁给了杨慕天。

慕天忙不迭地接受着校领导们的握手和祝贺，搞得好像他一直是学校的榜样和名人似的。很快，寒暄完毕，慕天按照校领导的要求将奖状留在了行政楼的获奖展示厅里，至于奖金，将会随每年的奖学金一起发给杨慕天。

慕天默默回到宿舍，刚一打开门，里面突然礼花四射，传来阵阵掌声。他看到公孙华带着系里的许多同学正站在宿舍里，为他庆功。公孙华和紫罗兰分别代表系里向慕天赠送了礼物。这时楼道里也不知从哪里突然冒出了许多同学。大家都拼命往本就不大的宿舍里挤，索要慕天的签名。公孙华走到大家面前一阵演讲，搞得他好像是慕天的代理人似的，甚至有不明真相的人开始向公孙华要起了签名，并向公孙华询问起了慕天同学的日常生活。

慕天趁乱悄悄地离开了寝室，心里十分惊奇：这都已经快进入假期了，为什么还有这么多同学留在学校里，又是谁走漏了消息呢？肯定是公孙华，而且一定是为了博得女孩儿的欢心和崇拜。

慕天一个人沿着校园的湖边走着，这时紫罗兰从后边喊住他："喂，慕天，你怎么一个人就走啦！大家都在为你庆祝呢！现在你可是学校里的名人了。"

"又是公孙华搞的鬼吧！我只是想一个人静一静。"

紫罗兰瞪大了崇拜的眼睛："我就知道你们肯定比我们厉害。你知道你们击败了多少名校的佼佼者吗？你知道现在你毕业可以去所有人都想去的工作单位了吗？"

慕天叹了口气："我也不知道为什么会这样。我一点儿都不想去你们所有人都想去的工作单位，那里不适合我的性格。"

"你在胡说什么！像公孙华在梦境里那样不好吗？等过些年，你可以有很好的前途！"

"你们不知道这里面的事，如果我本来的追求就是和公孙华一样的话，也不会是现在这个结果，你不明白。"慕天跟紫罗兰道了别，搞得紫罗兰很意外。

一会儿，可心发短信过来："慕天，现在梦境中心的官网上写着你是第一届梦境创新项目的特等奖获得者，此外还有几个名校的人分列一二三等奖。你好厉害啊！"

慕天回复道："可心，你并不知道里面的事。我现在并不开心。"

"是吗？无论如何，我都一直支持你。你只要做你认为对的事就好了！"

"谢谢！"慕天心情好了很多。他到网上看了看近几天的车票，学期马上就结束了，他想要回家看看许久不见的父母，他很想他们。

几天后，繁忙而不凡的学期终于结束了，慕天归心似箭地回到了他平凡的家里，享受着假期。假期过得很快，慕天在家里能吃能睡，被父母照顾得越来越慵懒，每天他都会和可心聊天。晚上，他会在自己的梦境里学习自己想学的知识，而凌似乎越来越忙了，因为梦境中心的业务不断扩大，连接梦境的人数不断增多，现在每天梦境中心的活跃用户都有几亿人。凌几次问慕天要不要加入梦境中心管理部，现在正是大规模需要人的时候，而且慕天现在也可以被批准进入梦境中心了，所有在之前项目中获奖的人现在都已经是中层干部。可是慕天一直在拒绝，凌没有多问，因为他知道慕天有自己的想法。

假期结束了，慕天依依不舍地离开了温暖的家，回到校园里继续为自己的前途奋斗。可是就在开学当天的夜里，慕天一如既往安静地待在自己的梦里，仔细研究着什么。凌匆忙跑进来："不好了，今天又出台了新的梦境中心管理条例，现在每个人必须共享的梦境比例已经达到了百分之五十。听说管理层还想让这一比例继续慢慢提高，直到到最后与以往一样——百分之九十。"

十九、人工智能

慕天摇了摇头："贪婪太可怕了，最恐怖的是这种贪婪可以通过所谓的合规手段强加给梦境的所有人。那梦境锁呢？普通人可以通过梦境锁来选择不分享梦境啊！"

凌继续说："其实他们当初假装同意你写的条款，是为了争取破解梦境锁的时间，不承想这么快不仅可以破解梦境锁，而且梦境中的科研人员已经可以控制每个人的梦境锁。你的设计不再有效了！"

慕天没有说话，低下头。凌见慕天没有表示，便问："你难道早就料到这样？有办法吗？还是就这样认输了？"

慕天递给他另一张图纸："凌，你看一下，我的这个设想怎么样？"

凌看着慕天的手稿："人工智能？这个可是个老概念了。"

"以往的人工智能都是人类根据某一些人自以为对的事情来设计的机器程序，而这次，我希望这个管理普通人梦境的东西，是拥有真正的人类思维的！"

"这怎么可能？一段程序，一个机器是不可能有如同人一般的判断能力的，逻辑上倒还好说，但是在道德层面上，机器是绝对做不到的。除非……"

"除非什么？"

"除非他就是一个人！"凌说完后也沉默了。

"凌，你待在梦境里多长时间了？"

"我啊，应该有几年了吧，联合梦境存在的时候我就已经在这里面了。"

"那你和原山那帮人一样早咯。"

"我不想提他们。"

"从原山，到四佐，再到现在的梦境中心联合体，为什么普通人的梦境会被随便管控？就像你说的，按照我的想法，我需要一个人，成为这个世界的神，能够用人的道德观念制约梦境发展，能够为普通人争取利益，能够打压所有人性的邪恶。我正在着手设计这个程序，也不知道我能不能成为这样的神。"

"这怎么行！"凌拍案而起，"你是不是在家脑子待糊涂了！你会被永远稀释在这梦境里，你现实的生活怎么办？"

"我考虑过，但是为了我的梦想我没得选。我只是希望，能够让所有人都因为拥有一个自由的梦境而快乐。在这里，人类的发展效率能够提升，人的活动时长会继续延伸八个小时，跨越时间与空间的束缚，这不是超越所有现代科技的技术吗？"

"可是……"

慕天拿起了一张纸，念了起来："凌，十年前在初中毕业时便获得全国初中生数学、物理、化学竞赛每个单项的第一名，保送当时最好的北城附属高中，而在高一时便获得数学全国高中生竞赛的一等奖，高二时获得数学、物理单项的第一名，保送京大。在京大念书期间，报道说突然从学校消失，此后杳无音信，教过你的老师都为你伤心不已。"

"你从哪里发现的？"

"你这么优秀的人物，发现你的新闻并不难吧！而且，你是我的学长，你初三时全校大会上校长表扬你时，我那时候读初一。"

"还真有这么巧的事！"

"你能告诉我发生了什么吗？"

凌叹了口气："其实我是原山的创始人之一。"

慕天惊讶不已："据推算，联合梦境的发展已经有五个年头了，你是说最初的联合梦境是你高三时候创造的？"

"其实根本就没有什么第一个创造者，那是一次机缘巧合。当我第一次进入梦境的时候，我发现了其他几个同样误打误撞进来的人。本以为都是有天赋的人，直到后来才发现有的人是某些实验室的人，随后各个国家开始争夺这梦境的管辖权，而原山的人开始被各个集团所收买。在当时，我对这个梦境的设计研究十分深入，没想到却被别的国家的人抓走了。不过在我即将离世的时候，因为我当时使用了催眠药剂入睡，而奇迹般地永远待在了联合梦境的共享梦境里，成了游走在梦境支持服务器中的一段自由的程序。"

"非常抱歉，提起了你不愿意提起的事。"

凌摇了摇头。

"再过几天，我需要你帮我办件事。"慕天拍了拍凌的肩膀，整理了下衣服，合上双眼，睁开双眼，他该去上课了。

接连几天，慕天白天一边忙着开学的事，一边在电脑前苦苦思索。而到了夜里，他会把白天设计的东西输入到手环里，在梦境中进行测试。但奇怪的是，凌这几天并没有来找他，每次都是在慕天的梦境里留一张纸条，"如果你明天需要见我，在这张纸条上留言。"慕天觉得凌肯定是有事在忙，所以也并未在意。

慕天忙了一夜，效果依旧不是很理想，白天醒来无精打采的。公孙华正好从宿舍外玩了一宿回来，见到慕天："哎哟，我们的大明星这是怎么啦？快走啊，要不然上课要迟到了！"

"今天什么课？"

"辅导员的创新创业就业指导课。"

"哦，你去吧，我不去了！"

公孙华突然爬到慕天的床上："哎哟喂！我们的好好学生杨慕天这是怎么了？！你是不是有心事啊！"

"我就是不舒服，不想去浪费生命了！"

"说得太好了，我们已经浪费了十多年生命了。"公孙华鼓了鼓掌，"不过今天我还得去，紫罗兰还在等我呢，我们约好下课后一起出去看电影。"

听到公孙华关上宿舍门的声音，慕天又躺在床上。他现在的开发遇到了困难，而就算他成功了，最终自己也会被永远困在梦境里，无论他的研究是成功还是失败，他都是输家。他狠狠地摇了摇脑袋，放空自己的思绪，然后打开电脑继续他的研究。

慕天这一天都没怎么吃东西，他不知道哪里来的莫名的紧迫感。晚上，可心和慕天通电话，慕天第一次和可心聊起了自己的想法："可心，如果有一天我可以在梦境里永远陪你了，只要你来到梦里，就能见到我，你高兴吗？"

"我不要！"

"为什么？"

"梦里永远比不上现实啊！"

"那如果我没有选择，必须要这么做呢？"

"天底下哪有没有选择的事？你这么想，一定是你想去这么做。既然你想去做，我就支持你！"

"可是如果我成功了，我就会被永远困在梦境里，而如果我失败了，那么我所信仰的东西就无法实现，无论怎么样我都是输家。"

"我不这么想。"

"真的？"

"如果你成功了，你就能实现你的信仰；如果你失败了，你就可以不被永远困在梦境里了。所以无论怎样，你都是赢家。"

……

两个人聊了很久，最后慕天问可心："你希望我是成功还是失败？"

"从我的心里来讲，我希望你是失败的，但是我站在你的角度来想，我希望你是成功的，一个人要能实现自己的理想，那是多么伟大的事。"

……

挂断了可心的电话，慕天手里拿着他刚刚测试成功的小芯片，站在窗台前发呆。他下意识地又拨通了母亲的电话，电话那头，是父母的关心与唠叨，可是慕天一点儿都不觉得烦。他现在回想一下，一周一个电话是不是也还太少了。

夜已经深了，公孙华又出去寻欢作乐一直没有回来。慕天把芯

片插到手环里，躺在床上，准
备入眠。

　　一阵困意，慕天合上双
眼，睁开双眼。他坐在书桌
旁，在那张纸上写上："凌，
明晚我要见你。"慕天的手上
多了一块手表，这是他为自己
的程序新设计的梦境实体，他
拨了一下手表的秒针，瞬间他
的身体发散到整间屋子，而过
了几秒，他又恢复成原形。突
然，他觉得手表像漏电似的电

了他一下，一个手表的幻影从他手腕上产生，消散在空气中。可是
慕天并没有察觉到，他成功了，明晚他就能实现他的梦想了。

　　慕天次日完全不想去上课，他坐在学校的湖边，看着湖中心静
谧的亭子。一瞬间，他觉得如果每天能有这样的机会来看看这美丽
的自然，那该多好。每日困在课堂和考试里，那么多无用的理论，
着实比不过眼前的风景。

　　公孙华给慕天打电话过来，告诉他老师点名了，还收了课堂作
业。慕天生平的第一次逃课，没想到就这么没有运气。不过慕天并
不在意，眺望远方，心想："你看这世界中的高楼大厦，那么多人
和事，每天那么大的学习和工作压力，到了晚上连自己的梦都要受
别人控制，多么可悲！"慕天想了很多很多，天还没黑，慕天便回
到了宿舍，他不知道为何如此疲惫，他合上双眼，睁开双眼，坐在

自己的书桌前。在他面前坐着的是满脸严肃的凌。

"我们出发吧！"慕天微笑着示意凌。

凌没有动，问着："你这个程序会让你永远消散在联合梦境里，如果……"

"如果联合梦境不在了，或者有一天所有国家的支持中心废弃了，我就不在了。是的，是这样。但是我赌他们不会完全放弃梦境世界，我也赌将来会有许多许多的私人支持中心，我也赌所有的普通人都会支持我。"

"支持你？谁会知道你？"

"起码你会知道我啊！"慕天依旧微笑着。

"你现在是没法进入梦境中心的，你是未注册的人，会被当作入侵者的。"

"那我该怎么办呢？"

"把你的手表交给我。"

"不行，这件事是我的想法，我不能让你……"

"可我已经永远被困在梦境里了！"

慕天狠了狠心："不行。我的设计不能保证成功，万一我失败了起码我可以回到现实中，但是你只有这个梦境啊！"

"好吧，既然你执意这样，咱们就硬闯吧。"凌起身离开了。慕天跟着凌先到了凌的梦境，凌又打开一扇门，这扇门直接通向梦境中心。当慕天踏入梦境中心的第一步，满世界便响起了警报。他们俩拼命地跑着，奔向央河的源头。他们身后越来越多的士兵开始追他们，时不时响起枪声，多亏了凌跑在慕天身后假装是在追慕天，其实是在为慕天打着掩护。他们速度飞快地跑到了央河的源头。凌抢先跑到了那央河的小世界里面，慕天紧随其后准备进入央河源头的小世界，却不想如同撞击到一面透明幕墙似地重重弹了回去。在被撞得头昏脑涨的一瞬，慕天回忆起上次随凌来到这里，凌替自己承受了金手的惩罚。

慕天摔倒在地上，看着后面逐渐追上来的士兵，无奈地喊着："我怎么进不去了？"

"我不会允许你进来的！"凌微笑着站在央河源头的小世界里。

慕天拼命地敲打着他无法进入的小世界，身后追赶过来的卫兵抓住了慕天，不停地用枪托狠狠捶打着慕天，慕天毫无挣扎的力气。

而凌的脚已经没入央河源头的河水里。

在凌身后传来慕天的吼声："没用的，手表还在我手上！"

凌高高举起右手，上面戴着与慕天手上一模一样的手表："希望这是你此生最好的设计。"说完，凌的身影便消失在央河中。

这时，金手带着一队人赶来，但为时已晚。一股光芒沿着央河以光速散播开去，凌消失在这梦境里。随之而来的，是暴涨的潮水，瞬间几十米高的巨浪淹没了慕天，淹没了他身旁的士兵，更淹没了整个联合梦境。慕天不会游泳，在潮水的漩涡中挣扎着，几近窒息。就在他即将失去意识的时候，却重重地摔倒在了自己的梦境里。慕天拼命从地上爬起来，还不停地在大口喘息。他看了看自己的身上，一丝被水浸湿过的痕迹都没有。他注意到桌子上有一封信，上面是凌的笔迹："我窃取并修改了你的程序，再会，朋友。我希望帮你完成这项任务！好好享受现实生活的残酷和美好！"

慕天不禁摇着头，眼泪不自觉地往下掉，打湿了凌的信纸。慕天哽咽着，不停地自责，但与此同时，面对当前的局面，他又真的无能为力。慕天从没有想过在这么一个不靠谱的社会，还有像凌一样愿意牺牲自我的人。的确，凌十分聪明，他的聪明远胜过这个世界里的其他人，可那又怎么样呢？在现实中一样也逃不过世俗的命运。对于凌来说，原本已经无异于永生被困在梦境里，与现在这样游弋于联合梦境的形态也并无不同。但是对于慕天来讲，可能真的就是现实中的生死了吧！

慕天内心中十分感激凌，凌已经不知道救过他多少次。而凭借凌的聪明才智，要是凌活在现实中，那是该让多少人嫉妒的精英啊。想到这里，慕天不禁自嘲地冷笑了下："精英，一群非权即贵或诌媚的人。利用自己的聪明才智窃取所有人财富与智慧果实的人。如果那样便是社会精英，那么凌可不是！"

慕天沉浸在自己的悲伤里，他没有注意到自己的梦境已经开始变大。不知为何，慕天合上双眼，睁开双眼，天还未亮，可是慕天却再也睡不着了。公孙华不知今夜又睡在哪里了。慕天望着窗外的一片漆黑，知道梦境里多了一个神，他会平衡着普通人的个人梦境与联合梦境，并用自己最客观的道德观去改变梦境的设置。

慕天打开电脑，本想随便看看新闻，却不想现在论坛里全部是梦境开始变化的帖子。有人开始大肆赞美梦境的变化。现在梦境里的医疗、教育、娱乐全部是免费的。每个人只需要付给梦境支持中心与之前相同的注册费，便可以通过梦境手环随意到梦境里享受与全球人类梦境的连接和所有优质资源的共享。

天蒙蒙亮了，慕天听到外面急促并沉重的脚步声，知道公孙华回来了。公孙华骂骂咧咧的，一看就是喝了不少酒："我们梦境中心管理部要解散了！怎么会这样？说是各个国家经过统一商议，宣布梦境联合自由化平等化，这文件一下发，梦境中心的一切都变了……技术部的人说有病毒潜入到了梦境支持中心的服务器中才会这样，不过这帮人怎么就让梦境自由化了啊！以后除了梦境监管部门，我们这梦境准入部门干嘛！这什么好东西都共享了，怎么区分贵贱！！"

慕天在一旁听着公孙华耍酒疯，但是一语不发。慕天知道，凌正在大刀阔斧地改变那个虚拟世界，他一定会让那个梦境世界摆脱这个现实世界的束缚。慕天是那么相信凌，也确信一定会这样！

二十、梦境重生

这一白天，慕天无论走到哪，都会听到周围的人在议论梦境的变化。大家纷纷夸赞梦境的人性化，可是慕天知道，这背后隐藏了多少曲折与辛酸。夜里，公孙华没有回来，慕天累了一天，躺在床上早早地便睡下了。

慕天合上双眼，睁开双眸，他看到书桌另一边的尽头多了一扇门。他心想："我之前被梦境中心排除在外，只能通过凌的梦境进入梦境中心。难道这是凌为每个普通人做的改变？"出于好奇，慕天打开了这扇门，他踏进门里，自己仿佛走在空中，他能看到脚下广袤的联合梦境，还有在这梦境中心之外的黑暗处，时刻有小的光点在出现和消失，那些应该就是时刻变化着的个人梦境。慕天被眼前的绚丽一幕惊呆了，这如画般的上帝视角，让慕天沉醉。慕天向前走着，走到曾经梦境中心的正上方，坐了下来。可慕天没有发现，在他身边，也同样坐着一个透明的身影。

"老朋友，好久不见！"慕天听到了凌的声音。

"凌，是你吗？"慕天高兴地左右遥望，"你现在是这个梦境的无名英雄，现在所有人都能够平等地自愿地共享梦境资源了。"

"是啊！我在这里能看到每个普通人快乐的梦境。不过我也发现，联合梦境无时无刻不在发生着细小的改变。有人正在试图改变它，恢复到之前的管理，好在我能通过我在这梦境系统中的最高权限来阻止。可是慕天你要知道，我们要做最坏的打算，很可能现实中他们要让全世界的梦境支持系统断电，来让我永远消失。"

慕天慌了神："那怎么办？"

凌依旧很淡定：."把你的梦境分享给我，让我就算联合梦境消失了也有存活的梦境空间。"

"要是白天我醒了怎么办？"

"我只不过是游弋在这系统中的一段程序代码，一直开着你的梦境手环，我会把程序复制到你的手环里，这样当联合梦境再次开启，我依旧能像现在一样控制整个梦境。"

"还是你聪明！"慕天无比钦佩地说。

"我也得谢谢你，这样我的存在才有意义！"

"其实你要是活在现实中，对社会的意义更大吧！"

"现实中？不，现实中不需要我如此聪明的人，因为我超越了别人，会让别人不愉快，那么我的意见同样不会被采纳的。而在这里，我可以践行我的思想。"

"可你要客观，不要让个人意愿强加在每个人身上！"

"这个你不用担心，我没有必要那样做。"凌笑笑，"慕天，你的这扇门，今后可以到联合梦境的任何地方去，梦境中心以后也会为所有普通人开放！"

慕天愉快地和凌道了别，回到自己的梦境里，关上了门。当他再打开门，他来到了全新的梦境中心，看到人们摩肩接踵地徜徉在这个偌大的世界，每个人脸上都洋溢着快乐的笑容。

慕天梦醒后，按照凌的想法一直打开着梦境手环，果然接下来的几天，有时梦境手环会突然断开链接。但是每次恢复连接，凌依旧能管理着联合梦境。

直到有一天一早，一通电话将慕天叫到了校长室。没有出乎慕天意料，又是霸王，不过这次没有了金手的陪同。开始，霸王和蔼可亲地让慕天坐到他身边，语重心长地问寒问暖，最后转移到一个话题上："慕天啊，你的程序非常好，现在这款程序竟然能像人一样识别一些修改，很厉害。不过你也知道，你这样初出茅庐的小朋友，技术上总没有那些过来人厉害，但是我们现在缺的就是一个十六位的密码。我想你肯定知道！像你这么伟大的构想，我也不是不赞同，而是这不符合社会发展要求。"霸王拿出了什么在上面写了几笔，推给了慕天。慕天看了看，是一张写着一千万的支票。慕天微微一笑："我想我没法接受你的支票。"慕天把支票推了回去。"我知道你现在和一个叫可心的小朋友在一起，你们在一起需要花钱吧！你将来工作生活需要花钱吧！你知道现在年轻人在社会上立足很难的，尤其是像你这样毫无背景又自负的年轻人。"霸王把支票又推给了慕天。慕天知道霸王调查过自己的底细，但是他无法为了所谓的未来抛弃凌，现在慕天掌握的不是一个梦境，而是凌的梦神。慕天摇了摇头，最后还是把支票推了回来。

霸王突然翻脸，恶狠狠地说："你厉害，好，既然我无法赚钱，那就让他们在梦境里也要为我工作！"说完，霸王把支票撕得粉碎，摔门而去。

经历过生死的人，面对现实中的种种，心中便不会有太大的波澜。慕天目送着怒气冲天的霸王离开，既没有担忧，也没有胆怯。

不过慕天清醒的是，他在现实中的日子不会那么好过了，而他追求的梦境，可能也会发生变化。

慕天刚要离开，一帮校领导进来，苦口婆心地劝着慕天，虽然他们并不知道霸王想要什么。最后一个副校长严厉地说："你可想好了，我们能决定你毕不毕业！"

慕天没有办法，只好先口头答应着："好，我回去考虑下，会答应他的。"慕天好不容易糊弄过去才离开了办公楼。他已经错过了当天的头半节课了。他匆匆忙忙赶到教室，本想悄无声息地溜进去，不料教授突然大喝一声叫他站住："这个同学，你叫什么名字，你迟到了知道吗？我这个人可是要求很严格的，你还想不想及格了？"全班鸦雀无声，所有人将目光都投向了杨慕天。慕天无奈地回答老师："我叫杨慕天，老师，我不是故意迟到的，是校长有事找我让我去了一趟行政楼！"

教授突然话锋一转："校领导找你有事呀，你早说嘛！没事，快去坐好上课吧！"慕天心里无比鄙视地看了眼教授，坐到了他最熟悉的最后一排。

慕天越发地厌恶大学，但是他需要毕业，这样将来才好找工作，所以他必须熬。晚上，忙碌了一天的慕天回到宿舍，出乎意料地见到了公孙华，慕天惊奇地问："你今天是抽什么风了？回来得这么早？"

"我跟你说，前几天我以为我们这些梦境管理人员要穷途末路了，连着几天我们被排除在梦境中心外，但是现在你猜怎么着？"公孙华把笔记本电脑拿到了慕天面前，指着屏幕上的电子邮件，"看到了吗？现在各行各业都要利用梦境优势来加大行业发展力度，而我们的新职责，不是限制普通人进入联合梦境，而是要把所有人拉进梦境，让他们在梦境里工作。这样，企业能节约不少成本。"

"那普通人还做梦干什么？这样一天24小时连个休息的时间都没有了！"

"那还不是因为你！"公孙华喝道，"别以为我不知道，慕天，你是斗不过他们的，认了吧！"

慕天的心瞬间沉到了谷底，他知道现在联合梦境又变味了。普通人无法在联合梦境里获得快乐，无法去做他们想做的事，那些人无论如何都想管理普通人，想从普通人身上获得利益。慕天夜里躺在床上久久难以入睡，他不知道该怎么向凌解释，凌为他牺牲了那么多，即使凌是那一端梦境的主人，但是他却无法控制现实。如果公孙华所说真的在现实中被敲定，那么凌在梦境中的改变也无济于事，因为凌顶多就是控制不同梦境的连接和联合梦境的共享比例，而至于每个人做什么，怎么做，他都是无权干涉的。

慕天很不情愿地进入了梦乡，他睁开眼，他的书桌上有一封信，上面写着学校规定的梦境自修课程、学时和学分设置。慕天一气之下把这封信扔得很远，他打开门，走进凌的上帝视角，看到下面梦境中心的人开始像现实社会中一样，成年人穿着正式的衣服开始赶着进入高高低低的大厦，学生们进入教室开始学习，梦境里现如今也同样需要与现实类似的各种管理机构，因为这里就是现实社会的复制品。

当慕天陷入无比伤心的情绪之时，身旁传来了一个声音："慕天，不要急着悲伤，告诉我发生了什么？"

"凌，他们知道无法改变梦境的设置，所以他们要在现实社会中定下规则，要让所有人在梦境中继续工作，这里已经成为了现实的复制品了！"

"哦，原来是这样，我说怎么突然大家都变得如此勤奋起来了。"凌依旧是那样镇定，之后陷入了沉默。慕天知道此刻的凌正在俯视着这个梦境世界，像神一样思考，所有在梦境中的人，无论高低贵贱，都会被他改变。

"凌，我不知怎么办了。"慕天有些绝望地说，"我们创造、改变，希望能让人们过得更快乐更好，但是为什么什么东西发展到最后都是如此令人绝望。"

凌笑笑说道："你说人多有趣，本来生命都是自己的，但是从出生，上学，工作，我们的时间似乎都被定死了。人们去盼望着规定的周末，要是没有规定，人们估计每天都要工作了。工作为了什么？为了赚钱吃饱肚子。但是原始农耕社会，人们耕种自给自足，不需听从谁的指令，一样能填饱肚子。那时候可能一天还能偷得半天闲，现在得一天玩命地工作才能生存，不知是社会的进步还是倒退！"

"凌，那你说怎么办？"

"你好好回去休息吧，我再好好想想。"慕天觉得有人拍了拍自己的肩膀，自己焦虑的心情平静了许多。

慕天醒了，他望着天花板，听着公孙华震耳欲聋的呼噜声，一直在那里发呆。

黑夜里的时间过得特别慢，慕天觉得好像过了一天那么久，但是外面依旧是黑漆漆的。过了不知道多久，慕天又进入了梦乡。

他依旧在自己的书桌旁，上面留着凌的又一封信："我当初偶然间发现了联合梦境的秘密，既然我能创造他，我自然有办法毁灭它。听了你的描述，我觉得现在应该从源头永远遏制住联合梦境的发展了。人类需要飞速的发展，但是不是无限地透支普通人的时间。其实人们的梦境之所以能连接到一起，是因为每个人大脑中的一处设置，那一处能够通过外界电波激发产生的磁场，将自己的脑电波连接到梦境支持设备上，便形成了一个虚拟的世界。现在我要更改所有人的那一处大脑设置，这样，之前所有的梦境支持都将不再有效，而更改设置的密码与你给我定义的密码相同。我将这些告诉你，是因为我很庆幸能有你这样的朋友，你知道像我这样的怪人是很难有朋友的，谢谢你。祝你好梦！"

慕天愣在那里，他环顾四周，不再有什么梦境连接的门，不再有任何关于梦境的钩心斗角，一切都结束了，包括凌。慕天突然间放声大哭，空空荡荡的梦境里回荡着他的痛苦，再无人察觉。

天微微亮，慕天没有理会一直唠叨什么的公孙华，连早饭都没吃便跑去找元博士，把刚起床正在实验室刷牙的元博士堵个正着。慕天上气不接下气地说："是每个人连接梦境的神经都已经损伤了吗？"

元博士很意外慕天能问出这样的问题："我不知道你是怎么知道的，不过据我们了解的情况，的确是这样。不知道是谁做的，很可怕，不过不得不承认，很聪明，很厉害。可能这项技术要再等些年，等到从现在起出生的新生儿们长大了，就可以继续研究了吧！"

慕天告别了元博士，急急忙忙赶回来上课。在课堂上，慕天并没有见到公孙华，晚上回到宿舍，慕天刚进门，就见到公孙华的怒目相视。

"喂，怎么啦？"慕天好奇地问。

"是不是你？"

"是我什么？"

"今天白天我被召集参加梦境管理现实视频会议，说联合梦境被取消了。其中提到了被某些人破坏，以至于现在所有人都无法连接到梦境了。"

"这不是我，是凌的决定。"慕天没有想那么多，脱口而出。

"你们有什么权利决定别人能否连入联合梦境？"公孙华拍案而起。

"那你们有什么权利决定谁有资格连入联合梦境？你们有什么权利管理联合梦境？"

"梦境支持中心是所有国家共同建设的。"

"那梦境的资源是属于每个个人的，是由原山发现的，包括凌。"

"你说凌是原山的人？难怪。"公孙华陷入沉思。这时公孙华的电话响了，那头传来了一位妙龄女子的声音，公孙华虽然眼睛还是恶狠狠地瞪着慕天，可是语气却十分温柔，电话中两人约好现在去酒吧玩。

"你的约会又回来了！"慕天嘲笑地说。

"我现在不能做梦了，还不能在现实中找点乐子了？托你的福，现在又回到了以前夜猫子的生活了。"公孙华无奈地说，说完就出去赴约了。

慕天一个人在宿舍里，他知道公孙华为梦境中心付出了很多。

听他说，他很可能马上就会被再次提拔了。可是慕天没有办法，他看似是这一场变革的领导者，但其实也只是这一切的接受者。慕天回想了下，其实从一开始，他都是被动接受身边发生的事情，最后不知道怎么竟然演变成现在这个样子。人影响环境，环境影响人，最终就是相互影响的结果。

在联合梦境消失后，日子又回归于平淡了，依旧是那么无趣的课堂。慕天再也没有被校领导接见过，也没有被别人追捧过，好像之前所发生的一切都只是一个梦。唯一能让他记得曾经发生的，就是每天夜里，当他入睡后，睁开眼，他身着黑色的大衣，一头雪白的头发，这是他的梦神，与最初截然不同的自己，坐在书桌前，看着这宽广的梦境空间与望不到头的书架。那夜，他走到梦境尽头的一个书架前，打开一本叫作梦境碎片的书，里面全都是他梦境里的记忆。小甜、肥仔、龟强和凌，他自嘲地觉得自己朋友真是不多，但也很庆幸自己在过往短短的日子里遇到了他们。他合上书，感慨万分。

此时从天上飘下来一封信，慕天捡起来，上面没有署名，只是简单地写着："我在梦境支持中心的封闭空间里，不要担心我，等到联合梦境再次被开启时，你与之前的朋友们便可再会。对了，你是我唯一没有关闭大脑梦境连接区域的人，不要告诉别人。"慕天笑了笑，凌真的是绝顶聪明的人。

又过了些日子。一天夜里，慕天坐在书桌旁，注意到自己的梦境边缘出现了一扇大门，时而显现，时而消失。慕天知道现实中梦境支持中心的人还在不停地尝试连接梦境，不过凌规划的事情，慕天毫不怀疑。现实中所谓的顶尖科学家不可能有任何机会破坏凌的设定。

　　慕天继续伏案读书，这书架上满满都是之前凌从梦境中心连接得到的，原来许多好的课本并不是不存在，而是普通人接触不到罢了。就算能接触到，也被烦琐的学业捆绑着，没有功夫学习。慕天沉浸在重拾学习兴趣的兴奋中，恨不得这长夜过得越慢越好。

　　周末，可心来到学校找慕天。远远的，慕天就看到可心跑过来，一把抱住慕天："还是在现实中和你在一起好。"慕天摸了摸可心的头，笑着不说话，他心想："是啊，人不能永远沉浸在虚幻里，那是一种享受，却不是实实在在的生活。"

　　几日后的夜里，慕天正在自己的梦境中发呆，他无意中发现，在那扇不停闪现的梦境连接大门旁，现在又多出了一扇不起眼的门，只是这扇门一直停留在那里，并不消失。慕天本不想理会，但是恼人的好奇心促使慕天一步步向那扇门走去。他轻轻拉开门，里面是一座城。慕天走近那个世界，他能看到整个空间都被完美地规划过，当自然的鸟语花香和现实中不能实现的科技结合在一起，慕天真的难以取舍是想留在这样的梦境中还是现实中。

　　"你来啦？"身后传来了凌的声音。

　　慕天转身能觉察到累得满头大汗的凌，激动得不知如何是好。

　　"我说伙计，至于这么激动吗？早知道就不让你连接进这里了。看看我设计的新的联合梦境好吗？"

　　"太完美了！"慕天感叹道。

　　"是啊，这就是缺陷。我要设计一个不那么完美的梦境，这样人们才不会沉迷在这里。"

　　"可是你现在设计这些做什么呢？只有从现在出生的新生儿在

他们的神经发育完全后，才能在将来连接入这里。那估计至少也要十年光景。"

"是啊，可是我不能浪费这十年的时光，我想找点事做，而我现在基本已经能控制着所有梦境支持中心的程序，只要他们启动设备连接入梦，那么我就能修改并控制联合梦境。而我要做的，就是让他们知道，梦境不是工具，这只是一个让每个人都快乐的地方。"说着远处的一棵参天大树便从地下迅速生长出来，上面结满了果子。

慕天严肃地问："那如果有一天，你想要做这个梦境的主人了怎么办？"

慕天看到从树上成熟掉下来的果子被一个透明的身影接住，并咬了一口："你有我的密码，现实中的支持中心可以决定是否开启，我代表着这个梦境世界的道德标准，权力分散，互相制约，你看多好。"说着，凌又抓住了一个落下来的果子，他扔给了慕天。慕天能感觉到此刻满面笑容的凌，他便也大口地咬着如此甘甜的果子。随后，他们一起走到尽头空白的梦境世界，一起冥想着、扩展着、创造着这个联合梦境，让这空白的梦境世界变得日新月异，等待着未来未知的到访者们。

梦

幻缘幻散幻塑桃花源

梦起梦尽梦呓痴人巅

一眠一醒一道凡尘事

生来生往生赋神仙船

后　记

　　笔者从小便喜欢幻想世界上不存在的东西，但同时也尊重科学，相信世间的一切都基于科学。现代科技的迅猛发展把许多人们曾经的幻想变为现实，极大地丰富和便利了人们的生活。笔者也希望有一天，科技能将小说中人与人之间可以连接的梦境变为现实。这样，人每日的活动时间将会被扩展至最大，每晚梦境中虚拟的世界也会成为人们白天生活的延伸。

　　然而，任何事物都有两面性，我们无法预知高度发达的科学技术究竟会将人类带向何方。科技的进步是否会导致人类社会发展的物极必反？又是否会产生一系列未曾出现的道德问题？……一切不得而知，出现即合理，然后优胜劣汰，我想也只能这样粗浅地理解了吧！